新典社選書23

晶子の美学

——珠玉の百首鑑賞

荻野恭茂著

新典社

目 次

プロローグ

わが歌《うた》は少《すこ》しづつ見《み》よひと花《はな》を日毎《ひごと》に摘《つ》みて若《わか》やぐが如《ごと》　『春泥集』

歌の歌である。なかんずく、晶子の歌を享受、または対峙するときの、作者自身による要望の心を吐露した歌である。「少《すこ》しづつ」には、時間をかけて丁寧に味読・玩味してもらいたい、という気持ちもこもっていよう。素直に受け入れたいものである。

それでは、晶子自身の、歌に対するスタンスはというと、

劫初《ごふしょ》より作りいとなむ殿堂にわれも黄金《こがね》の釘一つ打つ　『草の夢』

であり、その気概の上に立っている。悠久の和歌（短歌）の歴史、否、世界の文化の歴史を鳥瞰した上での覚悟を詠んでいる。「釘一つ」とひかえめに詠みながらも、その上に「黄金《こがね》の」句を冠させ、『明星』派の女王らしい矜恃をのぞかせている。

凡例

一　☆１２３……は、稿者が便宜上付与した通し番号である。

二　〔出典〕は、当本に採用した作品本文を内蔵する初版『歌集』名である。番号は当歌集中の通し番号。

『みだれ髪』＝（明34・8・15、東京新詩社・伊藤文友館）
『小扇』＝（明37・1・15、金尾文淵堂）
『毒草』＝（明37・5・29、本郷書院）
『恋衣』＝（明38・1・1、本郷書院）　※山川登美子・増田まさ子と共著。
『舞姫』＝（明39・1・1、如山堂書店）
『夢の華』＝（明39・9・5、金尾文淵堂）
『常夏』＝（明41・7・10、大倉書院）
『佐保姫』＝（明42・5・16、日吉丸書房）
『春泥集』＝（明44・1・23、金尾文淵堂・杉本梁江堂）
『青海波』＝（明45・1・23、有朋館）

『夏より秋へ』＝（大3・1・1、金尾文淵堂）
『さくら草』＝（大4・3・1、東雲堂書店）
『朱葉集』＝（大5・1・2、金尾文淵堂）
『火の鳥』＝（大8・8・15、金尾文淵堂）
『草の夢』＝（大11・9・20、日本評論社）
『流星の道』＝（大13・5・15、新潮社）
『白桜集』＝（昭17・9・5、改造社）　※遺歌集、平野万里選。

再録の撰集は次のごとくである。『明星抄』は作者中年期の、『新萬葉集』は作者晩年期の自選による。

『明星抄』＝（大7・3・25、金尾文淵堂）　※上・下各100首、計200首。
『新萬葉集』＝（昭13・9・20、改造社）　※全50首『恋衣』以降。

再録撰集名下の括弧（　）中の記述は、重要と思われる校異である。⑴、⑵、等は第○句目の意である。

三　漢字の字体については、原典中、旧（正）字体が用いられているものも、読者の便宜のため通行体とした。

ただし、漢字のルビは原典のままである。ルビの位置に付した（　）中の読みは読者の便宜のため稿者が類推し付したもの。

四　短歌本文は、『明星』第十五号（明治34・9）に「みだれ髪の誤植」として発表されたものについては、それに従った。

I

『みだれ髪』より（☆1〜50）

☆　1

夜の帳《ちやう》にささめき尽きし星の今を下界《げかい》の人の鬢のほつれよ

【出典】『みだれ髪』1

【大意と鑑賞】かつては天上界の〈星の子〉として、夜の寝室の帳台の中で甘い歓語の限りを尽くし、至福の時を過ごし平安な眠りについていた「わたし」でしたが、今はといえば「理想《おもい》」の実現という使命を託されて地上に流謫《おろ》され、《星の子》の魂を内に秘めつつ《人間の子》として生まれ変わり、人間的・社会的不如意なしがらみのなか、ままならぬ恋の懊悩のために夜も眠ることができず、輾転反側してそれゆえ鬢の毛もほつれ乱れがちになっております……。

『みだれ髪』世界創生のための特製歌であり、第一章「臙脂紫」の冒頭歌ではあるが、『みだれ髪』一巻の総体世界をも象徴する巻頭歌であるともいえる。

使命として託された「理想《おもい》」実現の至難性を寓喩した比喩的象徴歌である。

その「使命」とは、

(1) 地上の人間界において、星界的崇高・至純な「理想《おもい》」を実現すること。具体的にいえば、「自由」に向けた「人間精神の解放」なかんずく青春にある者にとっては、自我に目覚めた自由なる「恋愛」の獲得、のために闘うこと。

(2) (1)における精神活動より発酵してくるものを、新しい芸術活動に載せて、人間・社会を開化させ、またそれを永遠化すること。

異域たる天上界と人間界、日本文化の深層を脈々と流れる、壮大な構成をもつ〈貴種流離譚〉の間歇《かんけつ》的な発現を基軸として、「夜の帳」にみる王朝的優艶美、「鬢のほつれ」にみる庶民的情趣、さらに《星の子》の恋の西欧的清新なイメージが混淆し、全体としてえも云われぬ濃艶甘美な官能的ローマン情趣を醸造・発散させている。

☆　2

その子二十櫛《はたち》にながるる黒髪のおごりの春のうつくしきかな

【出典】『みだれ髪』6

【大意と鑑賞】その子（乙女）は今まさに二十歳、その長く豊かな黒髪は、梳《す》く櫛の目から溢れ落ちて、流れるがごとく清艶に美しい。まさにそれは、夢多き青春の命の自信に満ちた誇らかさを思わせます……。

「その子」は、崇高な星の子の魂を抱き、人の子の肉体をもつ作者自身を客体化した文芸表現で、「その子こそ二十なれ」の簡潔省略法。また「二十《はたち》」は「青春」の代名詞であり、「春」は〈季節〉の春であると同時に〈人生〉の春。初句の荘重な字余りにつづく「──の──の──の」の連鎖が、流麗なしらべを奏でる。ナルシシズムの風韻の香る青春頌歌。また人間讃歌の心とも底通。

☆3

髪《かみ》五尺ときなば水にやはらかき少女《をとめ》ごころは秘めて放たじ

【出典】『みだれ髪』3

【大意と鑑賞】五尺にあまる、すなわち丈なすつややかなわたしの黒髪、その髪を洗うために解き放って水に浸せば、やわやわと広がりつつ必ず水と馴染んでいくことでしょう。少女《おとめ》ごころもそのごとく柔かく順応し易い面もありますが、しかし唯物的な髪の場合と違って（恋愛を理想とする）少女ごころの場合は、真に愛する人が現れるまでは、じっと秘めて決して心の扉を開くということはいたしません……（心の扉を解放しないということは、当然、若さに漲るわたしの美しい白い肌[1]も許しはしません—の意）。

腰句「やはらかき」は上・下句に掛かる。ナルシスティックであると同時に純潔性へのアイデンティティの強さを見る。

☆　4

くろ髪の千すぢの髪のみだれ髪かつおもひみだれおもひみだるる

【出典】『みだれ髪』260

【大意と鑑賞】（若く艶かな）黒髪で、千筋もあろうかと思われる（わたしの）豊かな髪が、どうしようもなく乱れに乱れています。ちょうどそのようにわたしの心も、刑罰を受けているかの如く、苦しくやるせない恋の思いに輾転反側しつつ千々に乱れております……。

上句は、下句の「おもひみだれ」を引き出すための象徴的序詞。また「かつ」が音調上、上句の具象的イメージと下句の精神的イメージをみごとに連繋。「かつおもひみだれおもひみだるる」の破調風の反復法が、揺れに揺れる女の恋の懊悩の、濃艶な心姿を描出してあます所がない。流麗なしらべを奏でつつ王朝美学が晶子の近代に見事に甦っている傑作中の傑作。

☆ 5

のろひ歌かきかさねたる反古《ほご》とりて黒き胡蝶をおさへぬるかな

【出典】『みだれ髪』119

【大意と鑑賞】呪い歌をいくつも書き綴ってある、傍らにある呪咀に満ちた草稿の用紙をとって、それで（たまたま、ひらひらと舞い込んできた）黒い翅の蝶を、（「この蝶も憎い」と云って）はっしと押え込んでしまいました……。

初出『明星』（明33・11）では四句が「黒き小蝶」となっている。「黒き胡蝶」の「黒」は色彩象徴として用いられたもので、一般に「黒」は「不吉・暗鬱・死」を象徴。自釈中に「私は陰鬱な家庭を憎んでいる。私を苦しめる保守的俗衆を憎んで居る。私は咀わしい気分に満ちてゐる」[2]と、この歌の背景となる実生活を吐露。然し「歌」は出自・堺の明るい風土の抱くＤＮＡに染まって決して暗くない。

☆６

金色《こんじき》の翅《はね》あるわらは躑躅《つつじ》くはへ小舟《をぶね》こぎくるうつくしき川

【出典】『みだれ髪』381

【大意と鑑賞】金色の翅をつけたかわいい童子、すなわち愛の天使《エンジェル》・キューピットが紅《あか》い躑躅《つつじ》の花を口にくわえ、小さな舟を漕ぎつつこちらに近づいてきます。その川のなんと美しいこと……。

「金色《こんじき》の翅《はね》あるわらは（童）」は、この歌の場合、ルネッサンス美術風のキューピット[3]（cupid）で愛の天使。もとヴィーナスの子。キュートでミステリアスな存在。口にくわえている躑躅《つつじ》の花の色は、明星流の色彩象徴法により「恋愛」のそれは「紅」。「近づいてくる」のは恋愛成就の予兆。晩春のある日の、美しいメルヘン的白日夢。その深層心理に、うれしい恋愛成就の予感が潜む。

☆ 7

かたちの子春の子血の子ほのほの子いまを自在の翅《はね》なからずや

【出典】『みだれ髪』357

【大意と鑑賞】 みめうるわしい乙女、青春のまっただ中にある乙女、血潮湧きたつ乙女、つまり肉体的にも成熟期に入った乙女、（バイロン、ハイネのように）浪漫的情熱に燃えている乙女、こんな恋する女性の条件を満たしつつ見事に成熟した乙女が、いよいよ青春の象徴ともいうべき恋の道程に入りました。こんな今、何にとらわれることがありましょう。憧れの恋の世界を自由自在に飛翔する強力な翅《つばさ》さえも、この乙女（人間の肉体を持ち、星の子の精神を持つ）は装備しているのですから……。

結句は反語強意法。フレーズの重畳という斬新なスタイルを援用しつつ、解放された自我の凱歌をナルシシズムを内に秘めつつ奔放に詠出。

☆ 8

乳ぶさおさへ神秘《しんぴ》のとばりそとけりぬここなる花の紅《くれなゐ》ぞ濃き

【出典】『みだれ髪』68

【大意と鑑賞】　若く美しい両乳房を手で押し隠しながら、（純潔な乙女にとって未知の世界、つまり「恋」の半面を構成する性愛の世界、への扉ともいえる）神秘の帳《とばり》（カーテン）を羞じらいつつ、おそるおそる、そっと蹴るようにして開け、思い切ってその内側に入りました。そこは濃き紅の花の乱れ咲く、甘美極りない陶酔の花園でした……。

生まれて初めて、真に恋する人と一夜を共にした、いわゆる初夜を迎えた乙女の、おののきと歓びと恍惚を、暗喩的視覚表象によって、あたかも一糸まとわぬ美しき裸像の恋の女神のしぐさのごとく斬新に表現したものである。官能的な歌ではあるが真率で濁りなくみずみずしい情感を湛える。

☆9

みだれごこちまどひごこちぞ頻《しきり》なる百合ふむ神に乳《ち》おほひあへず

【出典】『みだれ髪』40

【大意と鑑賞】（求愛を受けて、胸はドキドキと高鳴る）みだれごころとなり、（魂はふわふわと浮遊して、自分で自分の存在が確とわからないほど）まどいごこちとなった、激しい高揚状態の中で、百合ふむ神、すなわち恋の園生に立つ裸形の神、具体的には最愛の恋人が、これまた裸形の乙女であるわたしに、強力に愛の行為を迫ってきました。最早、わずかに残っていた羞恥心の砦でもあった、乳房を手で覆うこともできなくなって、心身の総てを許し、その歓びのために熱い涙[4]が頰を流れたのでした……。

霊肉一致の恋の成就のクライマックス……。官能的ではあるが、真率な恋心と美しい視覚表象の措辞が辛うじて品性を堅持。

☆10

いとせめてもゆるがままにもえしめよ斯《か》くぞ覚ゆる暮れて行く春

【出典】『みだれ髪』320

【大意と鑑賞】せめて、せめて、炎と燃ゆる（青春の）情熱のままに、今、恋の命を燃え上がらせて下さい。こんな風に真底、身に沁みて思われます。あまりにも足速《あしばや》に暮れてゆく春の後ろ姿を見ておりますと……（自然の春は短い。人生の春、青春も短い。まして女の花の命は更に短く、それも一度切りなのです）。

この歌が『明星』に発表されたのは明治三十四年七月である。晶子はその前月出奔上京。鉄幹の許に身を寄せている。とすると初句「いとせめて」の前に「家を捨て、親を捨て、一途な恋の理想に走った身には、多々辛い思いもありますが」の意を補う。まさに奔放灼熱のヴィーナス、それは又心細きわが身への自己暗示。

☆ 11

春みじかし何に不滅《ふめつ》の命ぞとちからある乳を手にさぐらせぬ

【出典】『みだれ髪』321

【大意と鑑賞】　待ち遠しかった春もつかの間に過ぎ去って行きます。人生の春とて決して永いものではありません。まして女の花の春は短くて、二度と再び帰ってきません。また、どんなものに不滅の命がありましょうか。（何にもありません。）そう思って、わたしは今、若き命の漲る弾力のある乳房を、愛する恋人の手に任ね探らせました……。

　女性である自己を肯定しリビドーの滾《たぎ》ちを大胆奔放に謳いあげる。奔騰する愛欲の歌もこの一首に至って絶唱と言ってよかろう。しかし、「晶子の歌はどんな官能的なものを歌っても頽廃的なデカダンスのかげがない。恋愛が人生に倦怠を感じた不健康な遊びごとではないからである。[5]」

☆　12

君さらば巫山《ふざん》の春のひと夜妻《よづま》またの世までは忘れゐたまへ

【出典】『みだれ髪』220

【大意と鑑賞】　恋人よさようなら、巫山《ふざん》の春の一夜妻《ひとよづま》、つまり、春の一夜の夢の世界で、わたし達が仮の契りを結びましたことは、来世（本来、星の子である私達は）星界に回帰し、そこで生まれ変わり、再びお逢いできますまでは、どうかお忘れになっていて下さいませ……。「巫山《ふざん》の春」、巫山は中国四川省にある山、楚の襄王が、昼寝をして夢の中で神仙女と契りを結んだ、という故事により「巫山の夢」ともいわれ、男女が相会し夢の中で結ばれること。京・粟田山再遊＝粟田の春（明34早春、密会二泊）に取材。原歌の二・三句「粟田の春のふた夜妻」。星の子の「理想」と人間的「罪」の意識のあわいに揺れる懊悩のカオス。

☆ 13

むねの清水あふれてつひに濁りけり君も罪の子我も罪の子

【出典】『みだれ髪』228

【大意と鑑賞】 わたし達の胸に滾々《こんこん》と湧きつづけていました清らかな（愛の）水は、お互いの胸の泉を一杯に満たし、遂に溢れ溢れて流れ出し、外界の大地の土砂など、つまり人間界の生命の永遠の継続を支える肉体的欲望、本能的性欲、と混って濁ってしまいました。ああ、あなたも罪を負ってしまった人ですね、わたしと同様に……。

「清水」はプラトニックな愛の喩。三句で転回、転質。上句全体が、恋愛の自然の極致である《霊肉一致》の状態に入ったことのメタファー、下句はそれを受けて「罪の子」と感受。「恋愛自体が〈罪〉」の明治の社会的規範と相手方の内縁の妻の存在、を背景。逆に道行の様な甘美な陶酔感が潜む。

☆ 14

やは肌のあつき血汐にふれも見でさびしからずや道を説く君

【出典】『みだれ髪』26　『明星抄』再録（⑵あつき血潮に）

【大意と鑑賞】若く美しい女性の、柔かい肌とその下を流れている熱い血汐に触れてみることもしないで、そんな生き方をなさっていて、おさびしいことはないのですか。世の道徳を説いていらっしゃる方々よ……。

「やは肌のあつき血汐」は、作者自釈によると「女の熱愛」の比喩。「さびしからずや」に揶揄《やゆ》的ニュアンスを宿すが、これがまた星の子の真骨頂。「道」は因襲的な道徳観、例えば、恋愛を猥行醜悪として罪悪視するような。若き町娘の頃の思慕の対象であった僧家の鉄南[6]への訣別のメッセージを核に、星の子の「使命」の一つである俗習に対抗し人間精神の解放を図る、という思想世界への敷衍《ふえん》、普遍化が見られる。

☆ 15

道を云はず後を思はず名を問はずここに恋ひ恋ふ君と我と見る

【出典】『みだれ髪』352

【大意と鑑賞】 人間界における、ありふれた道徳観にも左右されず、将来の人生の成りゆきなど意に介せず、まして名聞利養などは超越して、つまり普通人の伝統的人生観などには一切縛られることなく、わたし達は今こうして、真の恋人同士として、歓喜の心で見つめ合っております……。

一・二・三句「ず」の脚韻を重ねた否定法表現によって韻律を整え、漸層的に捨身の心を盛りあげつつ、下句にその捨身の代価としての真の恋の獲得を、固いKの頭韻の重畳による調べの援けを借りつつ格調高く堅固な愛の心情の確認と喜びの凱歌を謳う。孤独な青春の交錯を背景に、〈愛〉と〈勇気〉に生きていた日々を象徴。星の子の気概。

☆16

道たまく〳〵蓮月が庵のあとに出でぬ梅に相行く西の京の山

【出典】『みだれ髪』131

【大意と鑑賞】　相思相愛の君と、こっそり浅春のころ、京都の山路を梅の花を賞でつつそぞろ歩きをしていると、途上、偶然にも、あの懐かしい蓮月尼《れんげつ》が、かつて住んでいたという草庵の跡に出てきたことでした……。

「蓮月」は大田垣蓮月尼（寛政三〜明治八）。和歌史上も女流歌人として晶子には懐かしい人であるが、もっと直接的に、わが恋人・鉄幹とその家族が、経済上の問題をも含め、さまざまの形で恩顧を蒙った人である――という点が強い。歌中、現に今、隣にいる恋人の本名「寛」もまさに蓮月尼の命名による。また「庵」は〈粟田の春〉を考えると、東山界隈、知恩院・真葛庵あたりを想定。馥郁《ふくいく》と香る梅の季節の…

☆17

みなぞこにけぶる黒髪ぬしや誰れ緋鯉のせなに梅の花ちる

【出典】『みだれ髪』240

【大意と鑑賞】早春、池水の底にぼんやりとけぶるように映っている美しい黒髪の主は一体だれなのかしら…。(投影した黒髪の像を波紋によってけぶらせつつ、水面近くを悠々と泳ぎ廻る)緋鯉の背に、池畔に咲き薫っている梅の花が、はらはらと散りかかっています……。

黒髪—緋鯉—梅の花、と匂いやかな色彩的コントラストを構成しつつ、動く日本画的はんなりとした明るい詩趣を醸成している。初出は『明星』(明34・5)、念願の恋達成後の心のゆとり。腰句に「ぬしや誰れ」と問いつつも水鏡の底に映るわが黒髪の美しさに酔う、ナルシスティックな心を宿す青春讃歌である。

☆18

絵日傘をかなたの岸の草になげわたる小川よ春の水ぬるき

【出典】『みだれ髪』59

【大意と鑑賞】うららかな春光のなか、とある郊外の野を美しい乙女がひとり、絵日傘をさして逍遙していると、たまたまキラキラと輝いて流れる浅い小川に行き当たりました。さて……あたりに人影はなし、（お行儀が悪いとは知りつつも）思い切って、まず絵日傘を折りたたみ、向う岸の若草の上にポイと投げ、続いて履物と足袋を脱ぎ、着物の裾をからげて、白い若々しい肌を清流に透かせつつ水と戯れるかのごとく渡って行きました。さすがに水ぬるむ春、その水は冷たくはありませんでした……。

「おきゃんな娘の爽やかな行動性」[7]が四句までに描かれ、結句で明るい野の春の駘蕩《たいとう》たる情緒を触感的に感得。動くモネの絵のよう。

☆ 19

清水《きよみづ》へ祇園《ぎをん》をよぎる桜月夜《さくらづきよ》こよひ逢ふ人みなうつくしき

【出典】『みだれ髪』18

【大意と鑑賞】「清水寺の方へ行かうとして祇園神社の付近の街を歩いて行くと、月は桜の花に霞んで、行き交ふ人々は男も女も皆美しく感ぜられる夜である」[8]……。

　高等学校の教科書などでもよく見受けられ最も人口に膾炙《かいしゃ》されている歌の一つ。桜花爛漫、月影もおぼろ……値千金の春宵。「清水」、「祇園」という艶美な京情調の揺曳する固有名詞が、「桜月夜」[9]という俳諧新季語の援用（短歌史上初）ともほどよく調和して、さらに春宵の京情緒を増幅。結句「みなうつくしき」の詠嘆には、恋の充足、リビドーの美的発動によって、総てのものがバラ色に見えてくる——という時の、幸福な陶酔的心の絵柄が透けて見える。

☆20

春かぜに桜花ちる層塔《そうたふ》のゆふべを鳩の羽《は》に歌そめむ

【出典】『みだれ髪』171

【大意と鑑賞】春の夕べ、とある寺院の境内、聳えたつ層塔、傍らにある古木の桜、その花は今まさに眩しいように輝きつつ満開を過ぎようとしている。一陣の春風は、爛漫の花をはや散らしはじめ、花は花吹雪となって層塔に散りかかっています。こんなに美しい落花の情景を見ていますと、境内の庭に餌《え》を啄《ついば》みつつ遊んでいる白い鳩の一羽を捉えて、その羽根に恋の歌でも染筆し仰ぎ見る塔を目ざして放ちてやりたい……。（翔びたった鳩は塔の高処《たかど》に止まることでしょう。）

「層塔」は三重塔、五重塔などのように幾重にもなっている塔。この歌の場合、〈恋人〉の暗喩。時は春、人生も春。恋する心の美しさを優雅に華やかに幻想。

☆ 21

ゆく水のざれ言きかす神の笑まひ御歯《みは》あざやかに花の夜あけぬ

【出典】『みだれ髪』224

【大意と鑑賞】 春の夜の明け方、まだ一面闇に覆われる野、その野中を流れる一条の小川、その小川のしゃべりかける、たわいもない冗談に耳を傾けていらっしゃった春の夜の神は、その面白さに思わず口を開いてお笑いになりました。夜目にも見えるそのきれいな歯並びと爽快なほどのあざやかな白さ！ その印象を残しつつこの春の夜を司る神が去ってゆかれると、夜は白々と明け初めて朝を迎えました。と、そこにはあざやかに百花繚乱の美しい春野の姿が現出してきました……。

「ゆく水のざれ言」は小川のせせらぎの活喩。美しく至福に満ちた、青春の恋の夜明けを白馬会風の鮮明なタッチとアニミズム的物語喩により描出。

☆22

経《きやう》はにがし春のゆふべを奥の院の二十五菩薩歌うけたまへ

【出典】『みだれ髪』20

【大意と鑑賞】山深い寺の奥の院にこもりいます来迎図の中の、心優しい二十五菩薩さまよ、野暮ったい僧衆の唱える固苦しいお経など、普段はともかく、こんな艶かしい悩ましい春の夕べには似つかわしくございません。そこで若いわたしは私流に、この上なく美しい恋の歌でも作ってそれをお捧げしたいと存じます。どうぞお受けとり下さいませ……。

「二十五菩薩」は、人の臨終時、阿弥陀仏に侍して極楽浄土へ導くためにお迎えに来て下さる二十五体の仏様で楽器を奏でたりしてかなり人間的、よって親しみ易く話しかけ易い。森羅万象すべてを人間的・浪漫的美の世界へ誘い込まんとする星の子の精神の面目躍如たる歌である。

☆ 23

夕ぐれを花にかくるる小狐のにこ毛にひびく北嵯峨の鐘

【出典】『みだれ髪』234

【大意と鑑賞】 明るい幽趣の漂う春[10]の夕ぐれ、京、北嵯峨の野、跳び廻り跳びまわりして遊びほけていたかわいい小狐、折から近くの寺で撞《つ》き鳴らす「ゴーン」という重々しく力のこもった入り合いの鐘、それを聞いたとたん、びっくりして草花のかげに身を隠しました。その晩鐘の音響の余韻は、小狐の背のふっくらと柔かな毛をも微かに震わせています……。

「にこ毛」は和毛、「にこ毛にひびく」は繊細で秀れた感性表現。「北嵯峨」は古都・京都の大覚寺あたり、古典的古雅な情趣の漂う地域。〈歴史的風土保存地区〉もとより幻想の歌であるが、『みだれ髪』の世界では、恋に憧れ、羞じらい、戦《おのの》く、若い女性の心の象徴。

☆24

下京《しもぎやう》や紅屋《べにや》が門《かど》をくぐりたる男かわ《（は）》ゆし春の夜の月

【出典】『みだれ髪』246

【大意と鑑賞】おぼろに霞む春の月夜、京の下京[11]、卸問屋などの居並ぶその町筋の家々は、すでに大戸を下ろして、人通りも少なく静まりかえっている。とその時、（「女」が使用する高価な口紅や頬紅を商う）「紅屋《べにや》」のくぐり戸を開けて、こっそり入って行った「男」がいる。朧《おぼろ》な月影のもと定かではないが、いかにも遊び人らしい若旦那風の「男」、夢中になっている「女」へのプレゼントのために〈紅《べに》〉を買い求めようとするのか、宵闇に紛れて、恥をしのんでやってきた男、そのけなげな心根、それがいかにもいじらしく「かわいいな」と思います……。

大胆な「男かわ《（は）》ゆし」の表現に、女性の視座の高さの意識を見る。

☆ 25

春をおなじ急瀬《はやせ》さばしる若鮎の釣緒《つりを》の細うくれなゐならぬ

【出典】『みだれ髪』239

【大意と鑑賞】 いのち輝く春、みどりの若葉萌える山間渓谷を流れる清冽な川、その流れの速い川瀬を、ものともせずに目にもとまらぬ速さで泳ぎ走り廻る若鮎たち、友釣りの（媒鳥《おとり》の）鮎もまた同じ若鮎、その媒鳥の若鮎に繋いである、釣り竿の先の細く長い釣り糸の色が、（透明色で）この季節にも若鮎にも似つかわしい「紅《くれなゐ》」色でないのが、何とももの足りなく思われます……。

「紅」は、情熱的な恋の色彩象徴。友釣りは、動物的本能である縄張り争いを利用してなされるものであり、青春にあるものらしい〈恋〉の饗宴でないのが（若鮎たちと同じ青春にあるわたしとしては）なんとも寂しい気がする、の意。逆説的愛の讃歌。

☆26

白きちりぬ紅きくづれぬ床《ゆか》の牡丹五山《ざん》の僧の口おそろしき

【出典】『みだれ髪』281

【大意と鑑賞】晩春、寺の講堂で五山の僧たちが激しく宗論を戦わせています。その響く声の粗野な野太さと激越さに、床に置かれてあった鉢植の満開の牡丹は、白い花は白い花びらをはらはらと散らせ、紅い花は崩れるようにして又花びらを散らせています。それにしてもこの五山の僧たちの声を発する口の恐ろしいこと……。

「五山の僧」は禅宗の五大寺の僧で、この歌の場合、陋習《ろうしゅう》・道学者を仮托。「白牡丹」は清純な恋愛の、「紅牡丹」は情熱的な恋愛の象徴。「豪」と「優」の対比の中で「優」の被破壊をイメージ。「優しい恋愛が頑迷固陋な道学者らによって抑圧・破壊されている現実」の諷喩。星の子の強烈な批判精神の発露。

☆27

うすものの二尺のたもとすべりおちて螢ながるる夜風《よかぜ》の青き

【出典】『みだれ髪』79

【大意と鑑賞】初夏の夜、さつき闇、小川のほとり、螢狩りの季節、ほの青白く柔かに点滅しながら飛び交うほたるの群。その中の一匹が、うすもの（絽）の夏着に身を包む若く美しい女性の、その二尺ほどのたもとに止まろうとしたが、その布地のあまりになめらかなために、止まり切れず遂に滑り落ちて離れ、吹き渡っている青い夜風の中を漂い流れるように舞い去って行きます…。

動的な描写。「二尺のたもと」は換喩で若き女性の喩。「夜風の青き」の「青」は斬新な色彩象徴表現、夜風の触感的涼感の喩。言外に螢光の青白さと共に全体のその夜の雰囲気も。ナルシシズムの風韻を秘めつつ懐かしい日本的情緒美の陶酔境を詠む。

☆28

五月雨に築土《ついぢ》くづれし鳥羽殿《とばどの》のいぬゐの池におもだかさきぬ

【出典】『みだれ髪』167

【大意と鑑賞】　時は王朝（平安）末期、京都南郊、かつては権力を誇り文芸にも深い理解を抱かれていた鳥羽天皇の離宮であり、宏大な規模を有する城南の御殿・鳥羽殿、そこに巡らされている築地土塀は、ふりつづく五月雨《さみだれ》によって、今は修復されることもなく、廃墟同然そこここが破れ崩れたままになっております…。その崩れの隙間から中を垣間見ますと、御殿の西北[12]の方角に池が見え、その池には緑の葉群のなか点々と真白い小さな沢瀉《おもだか》の花が、五月雨に濡れそぼちつつ清楚に寂しげに咲いていました……。

　主なき御殿[13]、人間の栄枯盛衰と不変の自然との対位。蕪村[14]の俳趣の薫染、王朝愛惜の心をモチーフにした幻想性豊かな作。

☆29

雲ぞ青き来し夏姫《なつひめ》が朝の髪うつくしいかな水に流るる

【出典】『みだれ髪』23

【大意と鑑賞】鬱陶《うっとう》しかった梅雨《つゆ》の季節も終り、やっと本格的夏の到来、眩しいような青空、すがすがしい夏の朝雲は、それを映して涼やかに青い。雲は野中の小川の清流に影を落としつつ、さらさらと流れてゆく…。その様子はあたかも降臨された夏姫が洗っておられる朝髪のように美しい……。

「夏姫」は夏を司る女神。佐保姫（春）からの類推。「雲ぞ青き」の、係結びの強意を内在させたきっぱりとした初句切が、解放された梅雨《つゆ》明けの爽快な心象を、象徴味を帯びつつみごとに表現。また「うつくしいかな」の音便が優しいリズムを奏で夏姫のたおやかな美しい姿態を髣髴。『明星』に親しい白馬会[15]の明るい色彩感覚の影響を見る。

☆
30

ゆあみする泉の底の小百合花《さゆりばな》二十《はたち》の夏をうつくしと見ぬ

【出典】『みだれ髪』39

【大意と鑑賞】　静かな山の湯の宿、夏の朝の陽の射し込む露天風呂、滾々《こんこん》と湧き出る清冽な湯水はあくまで清らかに澄み透って、朝の光はゆらゆらと揺れる。と、その湯に沐浴にきた乙女、湯の底に映っているのは百合の花かしら、と思われるような清楚で成熟した美しい肉体、（大人の入口にたつ）二十歳を迎えた乙女の夏をうっとりするほど美しいと思いました……。

「小百合《さゆり》」の「小《さ》」は美称の接頭語。「沐浴する若く美しい乙女」に「わたし」を仮託している。すなわち「乙女」の語句を「わたし」と入れ替えて鑑賞するのがよい。ギリシャ神話のニンフの絵などにより触発か。いのち輝く青春頌歌。強烈なナルシシズムの歌。

☆31

小百合さく小草がなかに君までば野末にほひて虹あらはれぬ

【出典】『みだれ髪』154

【大意と鑑賞】夏の日の午後、さっと夕立が通り過ぎ空は爽やかに晴れ上りました。生き返ったようにみずみずしい夏草、そのなかに優しい百合の花が、心を明るめるようにあちこち咲き乱れています。そんな草原でわたしは初めて恋人と待ち合わせをしました。そして彼のやって来るのを心待ちに待っていますと、遥か野末の方が急に美しい七色に染まってみごとな〈虹〉がたってきました……。

〈虹〉は西欧的清新な香気を漂わせつつ、ういういしい恋の舞台を荘厳。この歌の場合の〈虹〉は西欧的キリスト教的享受による吉兆で、恋の成就の予兆。その美しさに陶酔しつつ、至福感に心ときめかす夢見る純な乙女の幻想の世界。

☆32

ほととぎす嵯峨へは一里京へ三里水の清滝《きよたき》夜の明けやすき

【出典】『みだれ髪』66

【大意と鑑賞】 ほととぎすが、今一声鳴いて渡って行った。初夏の夜。ここ「清滝」は、嵯峨へは一里、京へ三里、の奥座敷。かの芭蕉が「清滝や波に散り込む青松葉」と詠んだ、清流・清滝川に臨む。その川畔の宿に恋人と同宿したが夏の夜は短く、甘い夢見果てぬまに、はや白々と明け初めてきた……。

「……一里……三里」の数詞の巧みな援用が、「……明けやすき」の連体形止と相俟って快よいリズムを形成し、さらに「水の清滝」の表現が、爽やかな涼感と共に清新。結句に後朝《きぬぎぬ》の思いがこもり一首清艶。実体験をベースとするか（「紅梅日記」）。艶麗な王朝美学が、晶子の中の近代に甦えっている作。

☆ 33

ぬしや誰れねぶの木かげの釣床《つりどこ》の網《あみ》のめもるる水色のきぬ

【出典】『みだれ髪』337

【大意と鑑賞】夏の日ざかり、蟬しぐれ、あの人は一体誰なのかしら…。淡紅色の花をつけた涼しげな合歓《ねぶ(む)》の喬木の緑蔭、そこに吊りさげられている舶来のハンモックで、気持よさそうに午睡《ひるね》している色白の若い麗人は…。ハンモックの網の目からは水色の衣《きぬ》の端《はし》が少しもれていて……。（心ときめきます。）

「釣床」はハンモック、当時としてはハイカラな生活用具。「衣」の題による即詠[16]、すなわち真夏の白昼の優しい涼感を呼ぶ幻想歌。初句は古典[17]に用いられた表現法、それを生かしつつ清新な趣向で仕立てる。「の」の連繫も優しいリズムを奏でる。スポットの「水色のきぬ」の「水色」の似合うのは清艶な「色白」の若い女人。

☆34

みぎはくる牛かひ男歌あれな秋のみづうみあまりさびしき

【出典】『みだれ髪』25

【大意と鑑賞】（湖の）水際《みぎわ》を、まっ黒な牛を牽《ひ》きつつ黙々として歩いてこちらへやってくる牛飼男さんよ。せめて一節、牧童の唄う歌でも唄って下さいませんか。人影もなく、しんとして冷やかに澄んだ秋の湖、この湖の雰囲気はあまりにさびしくてそれに私は耐えられませんので……。

「牛かひ」ということばは、先行する伊藤左千夫の名歌に「牛飼が歌咏む時に……」とあり、当時かなり熟していた歌語。「あれな」の「な」は終助詞で命令形を受けて優しく念を押す気持を添えたもの。晶子『私の生ひ立ち』に「私は……山の渓間のやうな所を思ひ、静かな湖といふやうなものを憧憬して大きくなつて行きました。」とある。

☆35

なにとなく君に待たるるここちして出でし花野の夕月夜《ゆふづくよ》かな

【出典】『みだれ髪』75

【大意と鑑賞】「月明りの美しい宵に、私は草の花の咲き乱れた野へほれぼれと出て来た。なんだか恋人が私を此処《ここ》で待って居るやうな楽しい気分で出て来た。[18]」……。

「花野」は俳句の季語でも〈秋〉であり、次歌76番歌も秋歌であることから、澄明で美しい夕月の下、秋草花の咲き乱れる野辺を思い浮べるのがよかろう。その上に、「秋深き隣は何をする人ぞ」（芭蕉）のもつ伝統的感性としての「人恋しさ」の情感が重なる。平明な表現ではあるが、常凡に駄せず、乙女らしい清純な浪漫的思慕の情がほのぼのと優しく甘美で、また景と情が調和的に渾融して夢のように美しい。作者自身、終生最も愛した歌の一つ。鞍馬山に歌碑。

☆ 36

四条橋《ばし》おしろいあつき舞姫のぬかささやかに撲つ夕あられ

【出典】『みだれ髪』305

【大意と鑑賞】 夕ぐれの京、四《し》条大橋の上を白粉《おしろい》を厚く塗った舞姫の、その額《ひたい》に折りから降り出した「夕あられ」が、ほんのわずかながら、パラパラと白粉に紛れるように撲《う》ちつけていきます……。〈京―中央部―初冬の優しい自然と、可憐・優艶な舞姫の織りなす、なんと美しい京情緒よ…〉

「ぬか」は「額《ひたい》」の古語。「夕あられ」は「夕しぐれ」などの類推によってなされた晶子の造語のようであるが、〈時〉を示すと同時に響きも美しい。「舞姫」は「花街・祇園の舞妓《まいこ》」の詩的表現。「四条橋」は四条通りの鴨川に架かっている大橋で、京を代表する名橋のひとつ。祇園にもほど近い。舞姫憧憬のこころと溶け合って艶美な詩情を醸成。

☆37

かの空よ若狭は北よわれ載せて行く雲なきか西の京の山

【出典】『みだれ髪』197

【大意と鑑賞】 梅ほのかに薫る早春、一月、わたしは今、京都に来ています。そして昨年の秋、登美子さんと同宿した、懐しい思い出に染まっている宿に、また宿泊しています。ふと空を見上げますと、円やかに連なる山脈《やまなみ》の上を、北、若狭の方角に、ずんずんと飛ぶように流れてゆく雲が見えます。雲よ、わたしを載せてすぐにでも慕わしい彼女のいる故郷・若狭に連れて行ってくれませんか。そんな優しい雲はいませんか……。（今すぐにでも彼女に逢いたいのです。いたたまれないほど…）

登美子の郷里は若狭（福井県小浜）。恋を譲り自ら星座を離脱して行った友を切実に愛慕。短く切れる句法のリズムにその息遣いを乗せる。

☆38

さはいへどそのひと時よまばゆかりき夏の野しめし白百合の花

【出典】『みだれ髪』193

【大意と鑑賞】そうはいいますけれど、その花季《はなどき》のひと時は、眩いほどのみごとな美しさでした。生命《いのち》あふれる夏野の草花の中の、その女王として君臨していた白百合の花は……。

「白百合」は、晶子にとって無二の親友であり、同時に鉄幹をめぐる恋のライバルでもあったが、晶子にその恋を譲って一人ふるさと福井に退去した山川登美子の新詩社『明星』世界での源氏名。「さはいへど」は前文省略法で「現在でこそお気の毒にも埋もれた境遇にいらっしゃるけれども」の意を前に補う。「そのひと時」は明星歌壇において活躍されていた頃。一首全体が喩、つまり「登美子の才色兼備のすばらしさ」の諷喩。印象派風光感美で絶賛。

☆39

あでびとの御膝《みひざ》へおぞやおとしけり行幸源氏《みゆきげんじ》の巻絵《まきゑ》の小櫛《をぐし》

【出典】『みだれ髪』312

【大意と鑑賞】今宵は、風流男と噂の高いお方[19]ご指名のお座敷、何しろまだ馴れない身、緊張しつつもひとまず舞を舞い終わりました。さてお酌をして差しあげる段になって（緊張のあまり挿し櫛の落ちかかっているのにも気づかず）お酌のはずみに、事もあろうにそのお方のお膝の上に、源氏物語で名高い御幸[20]の巻の様子が描かれている蒔絵の櫛を、不注意にもぽとりと落としてしまいました……。（あら恥しい。どう思われるやら…）

「あでびと」と「御幸源氏《みゆきげんじ》」の配合が艶美な王朝情趣を演出。思わぬ失態に狼狽する舞姫の嬌姿。故あって、外面は華やかだが内面は辛い仕事に従事せねばならぬ、生《う》ぶな舞姫への作者の眼差しは温かい。

☆40

舞姫のかりね姿ようつくしき朝京《きやう》くだる春の川舟

【出典】『みだれ髪』307

【大意と鑑賞】舞姫のうたたね姿のなんとかわいらしく美しいことよ…。春あけぼのの京の、静かな川面を下る屋形舟の中の……。

「舞姫」はだらりの帯のあでやかな京の舞妓。「かりね姿」は、昨夜の晴れの装いそのままで疲れた身を横たえつつ、かわいらしい顔に華麗な舞扇をかざしたまま……。

初出・三・四版を参考にすると、「川」は鴨川の下流で静かな朝靄の伏見[21]あたりをイメージ。またこの辺りは京の最南部にあたり明るい風光を宿す所。また敬愛した蕪村の「澱河歌[22]」の詩情や『紫式部日記[23]』中の姫君の描写とも通う。大和絵の手法による艶麗な絵画性豊かな表現になる幻想歌で、それを明朗な浪漫的情趣がくるんでいる。

☆41

人とわれおなじ十九のおもかげをうつせし水よ石津川の流れ

【出典】『みだれ髪』348

【大意と鑑賞】澄んで流れるこのきれいな水は、かつて、恋人とわたしの、同じ十九歳の頃の面影を映したことのある水ですね。ふるさとの石津川《いしづがわ》の清流は……。

「石津川」は、晶子郷里の思い出の川で、大阪府泉北郡上神谷村に発し、浜寺の北、石津にて大阪湾に注ぐ。かつては「石津さらし」とうたわれて木綿を晒したほどの清流。「人」のモデルと目される鉄幹は、近隣の住吉の安養寺の養子であった頃、堺の高等小学校に通ったこともあるので、発想の淵源にはまんざら虚構とのみは言い切れない面もある。「十九」歳の「十九」は数喩、情緒記号的語句。清流に、共に夢多き青春の面影を映した縁《えにし》の深さ、懐しさ。幻視。

☆42

すげ笠にあるべき歌と強ひゆきぬ若葉よ薫《かを》れ生駒《いこま》葛城《かつらぎ》

【出典】『みだれ髪』271

【大意と鑑賞】歌びとの旅装、すげ笠姿をしていらっしゃる恋人に「こんな風薫る季節と美しい自然の中にいらっしゃれば、当然歌のひとつもお出来になるはず、さあそれを早くお聞かせ下さいな。」と催促しつつ、わたしの故郷・和泉平野の野道をお伴しています。パノラマなして遠望される、生駒、葛城の山脈《やまなみ》の若葉よ、この幸せなわたし達のために、香ぐわしい薫りを微風《かぜ》に乗せて送って下さい……。

下句に甘美な懐郷幻想と共に魂の浮きたつような快いリズム感がある。

「すげ笠」姿に擬される鉄幹に、次の歌がある。

雲を見ず生駒葛城ただ青きこの日なにとか人を咀はむ　（『明星』明34・3）

☆43

男《をとこ》きよし載するに僧のうらわかき月にくらしの蓮《はす》の花船《はなぶね》

【出典】『みだれ髪』158

【大意と鑑賞】夏の夜、月明の下、蓮池、蓮の花見物の船が、その鑑賞を終えてやっと帰って来ました。漕いでいるのは清らかな美青年、乗せてもらっている客もまた若い美僧、明るい月光に照らし出された、恍惚とするような魅力的な容姿と清雅な雰囲気！ ふと、それに比べて出迎えにきたわたし自身が、何となく気遅れがして気恥しい思いがしてきます。（こんな思いに誘うなんて）憎らしいお月様……。

ふるさと堺の町娘の頃の生活を懐しく幻想。堺とその周辺、和泉平野、河内平野には灌漑用の大小の溜め池が多くあり、夏には蓮の花々がモネの絵の如く清艶な美しさを秘め群れ浮いていた。乙女の羞恥心と淡い恋ごころ。

☆44

牧場いでて南にはしる水ながしさても緑の野にふさふ君

【出典】『みだれ髪』33

【大意と鑑賞】　わたしの視界の先に広々とひろがる牧場《まきば》、その牧場を貫いて流れる一条の小川、その小川はきらきらときらめきつつ更に南へ走っています。牧場と小川をめぐる初夏の野は、一面見渡すかぎり緑一色、いかにも爽快で心鎮まる風景です。それにしても、本当にまあ、この緑の野にふさわしいお方ですね。あの君は……。

「緑の野」の「緑」は色彩象徴表現、「沈静な心」・「恋なき心姿」を象徴。「さても」に見る転回の妙。三句中の「南」は古歌における結び字法[24]、鉄南の一字を折り込む。景にことよせつつ堺の町娘時代、淡い恋の求愛にも反応しなかった僧家の子・鉄南[25]を、真の恋の成就した余裕の中で懐しく回顧。

☆45

師の君の目を病みませる庵《いほ》の庭へうつしまゐらす白菊の花

【出典】『みだれ髪』113

【大意と鑑賞】 師の君、わたしの先生は、お気の毒にも近ごろ目を患っていらして、視力が十分でなく遠出などもままならぬ身、そこでわたしは、その御目の慰みになることかと思って、わが家より先生の草庵のお庭に、みごとに咲いた白菊を根ごと移し植えてさしあげました……。

「病みませる」、「うつしまゐらす」の敬語表現は、師への親しみと尊敬が並々でないことの表明であると同時に、温雅なしらべを奏でる。清楚で香り高い「白菊」は、眼病の師への見舞として誠に相応《ふさ》わしくセンスがよい。「師の君」は堺時代、晶子の家の貸家に住んでいた藤間流の舞の師匠[26]か。優しく敬愛の心を込めて恩蔭の師を懐しく顕彰。

☆46

病むわれにその子五つのをととなりつたなの笛をあはれと聞く夜

【出典】『みだれ髪』345

【大意と鑑賞】病気で寝ているわたしを慰めようと、幼い五歳の弟が、一所懸命、笛を吹いてくれています。その笛の音は本当にまだつたないけれど、その心根がうれしく、心に沁みてひとり涙がにじんできます。殊にしみじみと感じられる夜です、今夜は……。

病気になって透けて見えてきた姉弟愛の温かさ。「をとと」は、初出『明星』（明34・5）に「弟《をとゝ》」とあり、三版でも「をとうと」とあることから「年下」ではなく素直に「弟」と解した。渾身の名詩「君死にたまふことなかれ」の「君」であり、終生、晶子に優しかった弟・籌《ちゆう》三郎を『みだれ髪』の中に記念しつつ永遠に残したかったのであろう。晶子流の報恩哲学である。

☆47

とや心朝の小琴《をごと》の四つの緒のひとつを永久《とは》に神きりすてし

【出典】『みだれ髪』70

【大意と鑑賞】 わたしは今、鳥屋《とや》ごころ、つまり脱落感でいっぱいの淋しい心持です。毎朝楽しんで弾いていた四弦の琵琶の、その一弦を突然、神さまが永久に切り落としてしまわれたのですから……。

「とや心」[27] は鳥屋《とや》心で、羽毛抜け落ち気力なく淋しい心。「四つの緒（四弦）」以下と心情的に関連。「四」[28] は四人の数喩。「朝」は時の朝と同時に人生の朝の喩。四人の兄弟の幼・少年期。「琴の緒を切る」は、中国絶弦の故事「知己を失う」を敷衍《ふえん》し（星の子の使命の一つとして愛の貫徹ゆえ）堺時代親密だった四人の同腹の兄弟の長兄・秀太郎（後、東大教授、鉄幹との恋愛に反対）との永遠の義絶による人間的悲愁を暗示。

☆48

かくて果つる我世さびしと泣くは誰ぞしろ桔梗さく伽藍《がらん》のうらに

【出典】『みだれ髪』347

【大意と鑑賞】このような生き方、青春の恋の歓喜も味わうこともなく大切な人生を終ってしまう私の一生、寺を継ぎ尼僧として過ごす宿命にある一生、はさびしくてたまらない―と云ってひそかに泣いているのは誰なのかしら…。まっ白い桔梗《ききょう》の花の咲いている、お寺の建物の裏庭で……。（心よりご同情申しあげます。しかし…）

「しろ桔梗」は清純だが寂しい花。「泣く」主体の人生を象徴。情と景物とのみごとな照応。この主体の、この当時におけるモデルは、浄らかで優しく、少女期に多大の感化を受けた堺、慈光寺の娘・楠枡江[29]。星の子の理想との相剋を幻想の世界でみつめる。忘れえぬ故郷の人々―の一人として銘記。

☆49

やれ壁にチチアンが名はつらかりき湧く酒がめを夕《ゆふべ》に秘めな

【出典】『みだれ髪』212

【大意と鑑賞】わが家の破れた壁にはってある、（ヴェネチアで豪奢な生活をしている豊満な婦人達が描かれた）チチアン[30]の絵の複製を見ていると、わが家の貧しさが身に沁みて、ふと辛い思いに誘われたこともありました。そんな時「しかし私達には、その絵の中の価値とは異なるもっと尊いもの、滾々《こんこん》と尽きることなく湧き出る酒甕、つまり永遠の〈愛〉と自ら恃《たの》むに足る芸術の〈才〉を持っているのよ、それらを誇りに二人の夕べを楽しく過ごしましょうね」と、恋人に言ったものでした……。

新婚当時、二人（鉄幹・晶子）は、一枚の羽織[31]しかなく接客時、交換して着なければならない程の貧しさ。しかし星の子の矜恃は意気軒昂。

☆ 50

歌の手に葡萄をぬすむ子の髪のやはらかいかな虹のあさあけ

【出典】『みだれ髪』398

【大意と鑑賞】夜来の雨も上った初秋の爽やかな早朝、とある葡萄《ぶどう》畑の棚の下、冷やかな雨の雫《しずく》をまとって垂れ下がるみずみずしい葡萄の房々、普段、歌を書き馴れた白くしなやかな手の指で、こっそり葡萄の一粒を摘んでいる乙女、その乙女の髪のまあなんと優美で柔かいことでしょう。（かすかな微風にも揺れて…）遥か西の空には、みごとな〈虹〉が美しく架っています……。（乙女の未来を祝福するかのごとく…）

「葡萄」は葡萄酒の原料。葡萄酒はその色〈紫〉と酔わせるもの、の属性から「恋愛」と「芸術」を象徴。〈虹〉は神の啓示として星の子の使命成就の予祝。印象派的清新な画趣に乗せて恋と文芸の曙を美しく告知。

Ⅱ　『みだれ髪』以後（☆51～100）

『舞姫』口絵「京の清水」

☆51

海恋し潮《しほ》の遠鳴りかぞへては少女となりし父母《ちゝはゝ》の家

【出典】『恋衣』〈曙染〉4　『明星抄』・『新萬葉集』(3)かぞへつつ）

【大意と鑑賞】ふるさとのあの海がしきりと恋しい…。夜の枕に、寄せくる潮の遠鳴りをしみじみと耳にしながら夢多き少女《おとめ》に成長し、（今は亡き）父や母と共に過ごしたあの懐しい家よ……。

あまりにも名高い浪漫的望郷の歌。二十七歳の頃の作、すでに二児の母。詠出場所は明治の東京、実家のある故郷は大阪・堺。堺の町は歌枕でも知られる、美しい高師の浜を抱き「ちぬの海」（大阪湾南部）に面する。生家は堺の町のほぼ中央に位置する商家（和菓子屋）であった。娘時代の家族関係には様々な軋轢もあったが、それらを超克して、甘美な懐郷の心で聴覚を混えつつしっとりと詠まれていて共感を呼ぶ。（生家跡前の路上に歌碑）

☆ 52

川ひとすじ菜たね十里の宵月夜《よひづきよ》母がうまれし国美くしむ

【出典】『小扇』148

【大意と鑑賞】 春の宵のおぼろ月、その淡い月光のもと、一すじの川が流れ、一面黄に、やわらかに果てしもなく菜の花畑が広がっている…。久しぶりに訪れたここ和泉平野は、かつてわたしの母が生まれた国、その国は夢のように美しい……。

二句の「菜たね十里」の「十」は「ひとすじ」の「一」の数詞的対照法であるが、同時に長い長い距離の数喩でもある。「川」は石津川の清流をイメージしていよう。「やさしき母をなつかしむ心、そしてなまめかしき春宵を惜しむ心、その二つの心がとけあってこの一首を作りあげてゐる。[32]」確たる神を持たない日本人にとって無償の愛を注いでくれる「母」こそ優しい神そのものである。

☆53

高《たか》き家《や》に君《きみ》とのぼれば春《はる》の国河遠白《くにかはとほじろ》し朝《あさ》の鐘《かね》なる

【出典】『舞姫』28

【大意と鑑賞】恋人と一緒に山上の高殿にのぼり、遙か眼下を見晴らしますと、そこは今や爛漫の春霞たなびく春の国でした。その国の中ほどを貫いて一条の河が、しろじろと遠く光りつつ流れ、折りしも寺院の朝の鐘が、祝福するかの如く静かに鳴り始めました……。

高名な仁徳天皇の国見歌や『萬葉集』中の「河遠白し」を援用しつつも天衣無縫の「恋愛讃歌」「青春讃歌」に仕立て直し、仕立て上げている。「河遠白し」にしても、中世の歌論用語とは違って、二人の遙かなる恋の未来の展望の象徴であろう。そこにこの歌の斬新性が見られる。またその中核に、捨身行《しゃしんぎょう》によって得られた恋の勝利者の、ゆとりと歓喜と誇りの心を秘蔵。

☆54

わが肩《かた》に春《はる》の世界《せかい》のもの一《ひと》つくずれ来《こ》しやと御手《みて》を思《おも》ひし

【出典】『夢の華』78　『明星抄』再録

【大意と鑑賞】憧れの君の御手《みて》が、初めて私の肩にやさしく置かれた瞬間、電気にでも感電したかのごとくそれに感応。ドキドキと心臓は高鳴り、全身は恍惚として甘く溶けていくように感じました…。そしてその感触は（話や物語では知っていました）青春と呼ぶ豊な世界を構成しているものの一部が、その時、実感として現実のものとして、私の中に崩れかかってきたように思われました……。

肩に手を置かれるという肉体的接触は明らかに恋の世界へのプレリュード。二・三句の抽象的隠喩が気品を支える。結婚五年目。初会の頃の新鮮な驚きと幸福感を嫉妬と悔恨の混入した苦しい今の実生活の中で自戒を込めつつ懐しく回顧。

☆55

御目《みめ》ざめの鐘《かね》は知恩院《ちをゐん》聖護院《しやうごゐん》いでて見《み》たまへむらさきの水《みづ》

【出典】『夢の華』32

【大意と鑑賞】京の早朝、東山山腹の宿、恋人と同宿した後朝《きぬぎぬ》、あなたの眠りを覚ましてしまいました鐘の音は、有名な知恩院、聖護院からのものですよ。さあもう起きて見に出ていらっしゃいな。清らかな鴨川が、春曙《はるあけぼの》の、柔かいカーブを描く東山の山紫《さんし》を映して、美しい紫の色をして流れていますのを……。

「御目《みめ》ざめ」「いでてみたまへ」の敬語法が、ゆったりとして愛に満ち足りた幸福なヒロインの余裕と優雅さを表出。また「知恩院《ちをゐん》」「聖護院《しやうごゐん》」と著名な二寺の連呼は、その脚韻の重畳によりリズミカルで美しく、快い音響的効果を生む。また「むらさきの水《みづ》」の〈紫〉は勿論主観色であるが、王朝美学にも通う作者好みの色。

☆56

太陽が金色《こんじき》の髪垂したる下に浮べり伊豆の初島

【出典】『草の夢』56　『新萬葉集』再録

【大意と鑑賞】垂れこめた雲の切れ目から、太陽の女神さまが長く美しいみごとな金色の髪を、波静かな相模湾に向けて垂らしていらっしゃいます。ちょうどその下の海上に、スポットライトをあてられたように、くっきりと伊豆の初島が夢のように浮いて見えます……。（女神の祝福を受けて、ぽっかりと浮かぶ水上楽園のごとく…。）

至福の時間と光景。それも宇宙をキャンバスとして絵を画いているようなスケールの大きさ。読者を誘い吸い込む雄大・華麗な景は、作者・晶子の裡なる心懐のそれとアナログなのである。稀有な才華のうかがわれる巧みな表現が非日常的・夢幻的陶酔境に誘い込む。

☆57

ふるさとを恋《こ》ふるそれよりややあつき涙《なみだ》ながれきその初《はじ》めの日《ひ》

【出典】『常夏』127　『明星抄』再録

【大意と鑑賞】故郷《ふるさと》、堺の町やそこに住む懐しい人々を恋しく思って流す涙、その涙よりやや熱い涙が私の頬を流れていました。幸福な解逅の末、最愛の人と初めて一夜を過ごし結ばれた、その忘れ難い日には……。

　晶子三十歳の頃の作。女性の側の感性で自己の初夜をやや冷静なスタンスで沁みじみと回顧。多事多難の実生活による疲弊の中で、「はじめの日」[33]を想起することにより、カンフル剤のように青春時代の心への浪漫的回帰を図り、実生活や星の子の「使命」の一つである創作活動に、その情熱の復活を庶幾したものである。きわどい内容が気品を漂わす韜《とう》晦《かい》的表現によって、ぎりぎりの崖っぷちで辛くも持ち堪《こた》えている。

☆ 58

夕月《ゆふづき》を銀《ぎん》の匙《さじ》かと見《み》て思《おも》ふわが 唇《くちびる》 も知《し》るものの如《ごと》

【出典】『火の鳥』142　『新萬葉集』再録

【大意と鑑賞】 夕空に浮んだ三日月を眺めておりますと、ふとそれは日ごろ食事どきに愛用している美しい銀の匙ではないかしらと思われてきます。とすると、わたしの大切な唇の感触もきっと知っているにちがいありません。あの夕空から見下ろしている銀の匙は……。(なつかしいような、恥ずかしいような…)

夕月の 矚目《しょくもく》によって発想された幻想。上句・下句倒置法仕立てとなっているが、上句から下句への転回の「質」の中に、凡人の想像を絶する比類のないユニークな感性の閃きが見える。この展開の扉を通過することによって読者は未知の晶子的感性の世界、含羞を伴った官能的艶冶《えんや》な世界に誘い込まれてしまうのである。

☆59

うたたねの夢《ゆめ》路《ぢ》に人《ひと》の逢《あ》ひにこし蓮歩《れんぼ》のあとを思《おも》ふ雨《あめ》かな

【出典】『舞姫』1

【大意と鑑賞】うたたねをしていた恋人の、その夢の中の特別な通い路[34]を、たをやかな腰つきでしなやかに歩きつつ、こっそり恋人に逢いに来て、また帰って行った（私以外の）女人の、その後ろ姿を髣髴させるように、しめやかに降る春雨ですこと……。

「恋人」は「三千里《さんぜんり》わが恋人《こひびと》の……」（☆66）の歌にもある如く、晶子の場合でいえば、夫であると同時に永遠の恋人でもある鉄幹。「蓮歩《れんぼ》」は中国の故事[35]により美人の歩き方をいう。小野小町の「うたたねに恋しき人を見てしより……[36]」の内容を新しいアングルから詠む。趣深い春雨の矚目《しょくもく》による艶冶な幻想。深層心理に嫉妬[37]ごころが潜む。これはまた強き愛の存在の証左でもある。

☆60

かざしたる牡丹火《ぼたんひ》となり海燃《うみも》えぬ思《おも》ひみだるる人《ひと》の子《こ》の夢《ゆめ》

【出典】『舞姫』11　『新萬葉集』再録

【大意と鑑賞】「自分の髪に挿した真紅《しんく》の牡丹の花、それが火に変って燃え初めた。火は忽《たちま》ち自分の前にして居る大海に付いた。果てもない炎の海が現出した。これは自分の見た夢である。若い人間の子の今日此《この》頃の悩みは、恋しい人を見たい事と、其の人と共に飽くことを知らぬ歓楽の底に身を置く時を多く得ようとしてまたなし難いためとである。[38]」

晶子晩年期に成立した『新萬葉集』の、自選五十首中の一首に選んだ自信作。花の王、牡丹は作者の夢と幻想を触発。蕪村の「虹《にじ》を吐《は》いてひらかんとする牡丹かな[39]」も遠く響いていよう。情熱の歌人らしい豊かな幻想内容の迫力とその格調の高さは、わが国相聞歌史上屈指の秀作。

☆61

恋人《こひびと》は現身《げんしん》後生《ごしやう》よしあしも分《わか》たず知《し》らず君《きみ》をこそたのめ

【出典】『夢の華』39　『新萬葉集』再録　⑶よしあしは

【大意と鑑賞】「恋する女は、こうでなければならないと明日から後の成り行きを思ったり、ああでなければならぬと死後の世界のことを思ったりもしません。恋する女は唯、一心に自身を愛する男に信頼して居ていいのです。これが私の道徳です。宗教です。[40]」……☆15と呼応。珍しく散文的生硬な文体であるが、この場合、却ってより信念の強さを生む効果を発揮。ハムレット型というよりドンキホーテ型の愛の人生哲学である。それを終生貫き通した。この歌を自身に言い聞かせながら…。人生の幾山河を越えてきた晩年の晶子が、『新萬葉集』自選五十首の中に、この一首を明らかに抜擢《ばってき》選入していることが、それを暗に物語る。

☆62

かたはらに睡蓮《すゐれん》咲《さ》くと誰《たれ》云《い》ふや湯槽《ゆぶね》に浮《うか》ぶわれが円肩《まろがた》

【出典】『青海波』103

【大意と鑑賞】 静かな山の湯の宿、「わたしの傍に清らかな睡蓮の花が咲いているわ」と言って下さるお方は、どなたでしょうか。湯槽《ゆぶね》にぽっかり浮んで見える、わたしの円やかな白い肩をご覧になって……。

明治四十四年四月の作で晶子三十二歳。双子の難産に死ぬほどの苦しみを味わったり、女の厄年の頃で一時的に体調を崩したり、生活苦の方も相変らずであったが、なんと言っても女盛り。やや沈静的傾向を帯びてきてはいるが、温存された天性の美的ナルシシズムが、それらよりの解脱、癒しに貢献しているように見える。直前歌に次の作がある。

湯槽《ゆぶね》をば水晶宮《すゐしやうきゆう》になぞらへぬありて耻《はぢ》なき身《み》の清《きよ》らさに　102

☆63

悪竜《あくりよう》となりて苦《くる》し み猪《ゐ》となりて啼《な》かずば人《ひと》の生《う》み難《がた》きかな

【出典】『青海波』182

【大意と鑑賞】のたうちまわる醜い[41]悪竜の姿で苦しみ、息荒い獣の猪のごとく憶面もなく大声で啼きわめくという、そんな辛苦の限りを体験しなくては、女がこの世に自分の子を生み出すという大事業は到底できるものではありません……。

「悪竜」も「猪」も分娩時における作者の自画像の効果的メタファーである。晶子は生涯に十一人の子を成しているが、この歌の時期は明治四十四年、三十三歳、六度目の出産で双子、その一人は死産という異常出産。『萬葉集』[42]にも〈生誕〉の歌はない。永遠の真理たる重い「生みの苦しみ」をテーマに、母性の激情を的確な比喩を駆使しつつ感銘深く直叙したもので、日本短歌史上記憶されるべき作。

☆64

わかき日《ひ》のやむごとなさは王城《わうじやう》のごとしと知《し》りぬ流離《りうり》の国《くに》に

【出典】『舞姫』7　『新萬葉集』再録

【大意と鑑賞】若き日のやんごとなさ、すなわちその高貴性は、譬《たと》えて言えば高々と聳えたつ王城のごときである、と悟りました。今、（その城を出て）流離の国を放浪している身となってみて……。

「若き日」すなわち「王城」は青春時代。愛と勇気を携えて何物にも恐れず、ひたすらピュアーに、情熱的に生きていた時代。「流離の国」の〈流離〉は、藤村の名詩「椰子の実」（『落梅集』）中の「実をとりて胸にあつれば／新《あらた》なり流離《りうり》の憂《うれひ》」よりの援用。二度とない青春時代が過ぎ去った今の状態。ネガティブな事どもに疲れはてて大切な心を失いかけている今の生活。青春時代を回顧・愛惜。一方裡《うち》にかの生き様の正当性を自負。

☆
65

若《わか》き日《ひ》は尽《つ》きんとぞする平《たひ》らなる野《の》のにはかにも海《うみ》に入《い》るごと

【出典】『青海波』244　『明星抄』再録

【大意と鑑賞】生命漲り情熱の恋に生きる日々を過ごしていた青春時代は、今まさに終焉を迎えようとしています。ちょうど、どこまでも広がっているものと思っておりました平らな緑の野が、急に途切れて崖《がけ》となり（地勢的に）大海に入っていくがごとくに……。

三句以下の直喩は急激な〈質〉の変化の喩。のびのびと雄大な景を援用しての直喩がすばらしい。この歌の場合は、主として女性にとっての肉体的「若さ」や「美」の衰えの哀感をモチーフとする。「にはかにも」の表現に鮮烈な切実感がこもる。晶子はこの時、満で三十一歳、いわゆる女性の厄年に近い頃であった。

☆66

三千里《さんぜんり》わが恋人《こひびと》のかたはらに柳《やなぎ》の絮《わた》の散《ち》る日《ひ》に来《きた》る

【出典】『夏より秋へ』549　『明星抄』再録（⑶かたはらへ）

【大意と鑑賞】　遥るばると三千里もある長く苦しい旅を経てやっと愛《いと》しい恋人のもとにやってきました。そのフランスの都・パリは白い柳絮《りゅうじょ》の舞い散る美しい季節でした……。

「恋人」は夫・寛（若き日の鉄幹）、その前年に渡仏しており、到着日パリ北駅で晶子を迎えた。「三千里」は一万二千キロにあたるが、ここでは、「大変に長い距離」の喩。旅程の大略は、明治四十五年五月五日、東京（新橋駅）―敦賀―日本海（船・アリヨル号）―ウラジオストック―（シベリア鉄道）―モスクワ―ドイツ―フランス・パリ北駅（五月十九日）。再会の歓喜による陶酔感と「はじめて接した海彼の国のういういしい情感」[44]をもにじます。

☆67

ああ皐月《さつき》仏蘭西《フランス》の野《の》は火《ひ》の色《いろ》す君《きみ》も雛罌粟《コクリコ》われも雛罌粟《コクリコ》

【出典】『夏より秋へ』561　『新萬葉集』再録（(4)君もコクリコ）

【大意と鑑賞】ああ、美《うる》わしの五月よ、ここ南仏[45]蘭西の野は、モネの絵のように、ハイネの詩のように、見渡すかぎり、火の色に輝くひなげし（雛罌粟《コクリコ》）の花の真盛りです…。いまや、あなたもその中の一本の「コクリコ」の花、わたしも又その中の一本の「雛罌粟《コクリコ》」の花ですね……。（そして今、わたし達は火のように赤く燃える恋を語らっています…）

『新萬葉集』では自身このようにカタカナと漢字の書き分け表記をなし、「君」も「われ」も異なった一本の緋色に燃えたつ「コクリコ」の花自体であることを視覚的に区別化している。また、下句の心躍るようなリズムの中に、作者自身のいう「言葉の音楽」・「地上の天国」を現出。

☆68

物売《ものうり》にわれもならまし初夏《はつなつ》のシャンゼリゼエの青《あを》き木《こ》のもと

【出典】『夏より秋へ』571

【大意と鑑賞】並木通りの路上に店を出している物売り屋さんにわたしも一度なってみたいものです…。初夏のパリ、凱旋門につづく目抜き通りのシャンゼリゼエ、マロニエの並木が新緑に映える樹の下で……。（こんな気持になったのは久しぶりです。）

永遠の恋人とセーヌを眺めシャンゼリゼエの遊歩道を歩く。うきうきとした気分と共に幸福な優しい心情が流れている。以上三作（☆66・67・68）は、愛誦性の高いフランス詠のアンサンブル。夫の再生、自身の恋情により、様々な苦難を乗り越えて獲得した理想世界ではあったが、家族愛に生きる晶子は、子等を想い「われ一人《ひとり》のみ天国《てんごく》を堕《お》つ」と、はや六ヶ月後、一人帰国の途に着く。

☆69

百二十里かなたと星の国さしし下界《げかい》の京のしら梅月夜

【出典】『小扇』27

【大意と鑑賞】「百二十里の彼方《かなた》ですね」と言って指さした「星の国」は、私たちにとっては、（天界からすれば確かに）下界ではありますが、（星の国と同位の）早春のきれいな月夜に白梅が馥郁と薫っている、あの決して忘れられない美しい古都・京都……。（「夜の帳にささめき尽きし」思い出を宿す…）

「百二十里」は明星派で愛用された、いわば詩的情緒記号で憧憬の対象までの距離、具体的には東京―京阪間の距離を表わすが必ずしも数学的正確さによらない。京都再遊、つまり粟田山での甘美な「もののまぎれ」（密会）の思い出を秘める。その一年後の東京生活の中、恋の成就の感動を京の美しい景と共に懐しく回想。

☆70

雲《くも》ゆきてさくらの上《うへ》に塔《たふ》描《か》けよ恋《こひ》しき国《くに》をおもかげに見《み》む

【出典】『夢の華』27

【大意と鑑賞】自由無碍《むげ》に変形することのお出来になる造形の天才・雲さんよ。満開のさくらの樹の上に行って美しい三重の塔でもぜひ描いてみて下さい。そうすれば悔根・嫉妬等さまざまの苦悩[46]に閉ざされている東京住まいの私ですが、輝く青春時代の懐しい思い出のつまった「恋しき国」、つまり美しい京[47]の都、その象徴として面影に見ることができますので……。

　楽しく生きた日、悦びに浸ってきた日の思い出を呼びかえして、浪漫的思慕に切り替えつつ鬱状態から脱却を図ろうとする建設的なスタンスが見える。その切なる思いが、上句「雲《くも》ゆきてさくらの上《うへ》に塔《たふ》描《か》けよ」の如き、下知《げち》のレトリックを作者にとらしめたのであろう。

☆71

仁和寺《にんなぢ》を小高《こだか》き岡《をか》にながめつつ嵯峨《さが》へいそぎぬ春《はる》のをぐるま

【出典】『夢の華』248　『明星抄』再録（⑸小ぐるま）

【大意と鑑賞】仁和寺は「御室《おむろ》の桜」として平安朝以来、花の名所としても名高い。特に爛漫の花の雲の上に聳える五重の塔の構図的景観は、息をのむほど美しく絶景として聞えている。京の春のしんがりを飾る。女房の乗った「春の小車《をぐるま》」は、大内山の緑を背に小高い丘にある、この春の仁和寺の美しい全景を眺望しつつ千代[48]の古道《ふるみち》を、所用を携え嵯峨の離宮（今の大覚寺）へと急いでいます……。

「急ぎぬ」に、もっとゆっくりこの美しい景観を堪能したいのに、ままならぬ宮仕えの身は…の意が言外に匂う。「春《はる》のをぐるま」のことばも美しく、王朝情趣の纏綿《てんめん》とした優雅な幻想歌。『明星抄』にも選入された作者自信作のひとつ。

☆72

春ゆふべそぼふる雨の大原や花に狐の睡《ぬ》る寂光院《じやくくわうゐん》

【出典】『小扇』47

【大意と鑑賞】ほの明るさの残る春の夕べ、絹糸のような細雨にけぶる京・洛北の大原、その中にある名刹の一つ寂光院、幽邃《ゆうすい》静寂の夕闇に爛漫のさくら、その古木の花蔭で一匹の狐がうとうとと睡《ねむ》っている、昔の夢を懐しんでいるかのごとく……。

寂光院は人も知る『平家物語』の哀話[49]を秘めた寺。春宵細雨によってもたらされたしっとりとした雰囲気が幽艶味を帯びつつ古典世界とオーバーラップして甘やかなノスタルジーを誘う幻想歌。また、一同性として、若き悲劇のヒロイン・建礼門院の身の上に熱い涙を注いだ「ほととぎす治《ち》承《しやう》寿永《じゆえい》のおん国母《こくも》三十にして経《きやう》よます寺」の名歌と共に末永く愛誦されるべき作品である。

☆ 73

遠《とほ》つあふみ大河《だいが》ながるる国《くに》なかば菜《な》の花《はな》さきぬ富士《ふじ》をあなたに

【出典】『舞姫』23

【大意と鑑賞】　遠江《とおとうみ》の国、その国の中ほどを大河の天竜川が春光にきらめきつつ悠々と流れ、その両岸にひろびろと広がる畑一面、今、美しい菜の花が真盛りです。遥か遠景には、雪を戴く秀麗な春の富士が、その光景と溶け合うように聳えて……。

「遠《とほ》つあふみ」は「遠江」で静岡県西部の古名。この古雅な韻《ひび》きは二句以下の総ての景に優雅に作用する。また菜の花の色、即ち郷愁を呼ぶ暖色系の色彩感と「ながるる」「なかば」「菜の花」「あなたに」のリズミカルに連呼する明るい「な」開口音の聴感による融合、その援けを借りつつ漸く春たけなわの遠州路、雄大な景観を、おおらかな浪漫的唯美的心眼でとらえた秀作。

☆ 74

春曙抄《しゅんじょせう》に伊勢をかさねてかさ足らぬ枕はやがてくづれけるかな

【出典】『恋衣』〈曙染〉1

【大意と鑑賞】もの憂い晩春[50]の昼さがり、眠けに誘われるまま、たまたま傍らの机上にあった読みさしの和綴の板本『春曙抄』[51]、それに『伊勢物語』を重ねてこれを枕にしてうたたねをし、（艶雅な王朝の夢を見ていたが）その仮の枕は柔らかな材質の上に嵩《かさ》的にも低すぎて、間もなく崩れてしまいました…。（同時に目覚め、優しい艶夢もそこでとぎれてしまいました。本当に残念です…）

『春曙抄』は『枕草子春曙抄』。『春曙抄』の奥に『枕草子』が隠され〈枕〉が匂わされている。民俗学的にいえば〈枕〉は霊魂を巻き込みそれを宿す霊力を有する。とすると、『伊勢物語』とのセットで読むと、その枕から憑依《ひょうい》した夢は王朝の艶雅な恋物語に特化。

☆75

ただ一人《ひとり》柱《はしら》に倚《よ》ればわが家《いへ》も御堂《みだう》の如《ごと》し春《はる》のたそがれ

【出典】『火の鳥』17　『新萬葉集』再録

【大意と鑑賞】仄《ほの》かな春愁の漂う春の黄昏どき、ただ一人（王朝時代の公達のように）ゆったりと柱に寄りかかって座っていますと、こんな粗末なわが家も、あたかも（仏さまの慈光に包まれている）お寺の本堂のように思えてきて、生けるみ仏の国にいるような心安らかな恍惚的精神状態になってまいります……。

激動・高揚・狂乱の時代を過ぎ人生を静観することもできる「おだやかな人間になって作った」[52]頃の作。しらべの上でも初期の頃の佶屈性は影を潜めている。「柱に倚る」姿態は、遠く『源氏物語絵巻』等にふつうに見られるものである。

アンビバレントな聖と優艶とが溶合した新しい情緒世界が切り拓かれている。

☆ 76

春の神のまな児うぐひす嫁ぎくると黄金扉《こがねど》つくる連翹の花

【出典】『小扇』247

【大意と鑑賞】春の神さまが、大変いとしく思って寵愛していらっしゃる御子の一人である鶯が、ことももあろうに、わが家―連翹《れんぎょう》の家―にお嫁にきて下さるというので、庭の連翹も大喜びで、それに間に合うようにと、ワクワクしながら自身、そのお迎えのために黄金の扉を作って、今か今かとお待ちしております……。

連翹の花の姿態と色は、華麗にしてほとばしる黄色のシャワーを浴びるような幸せ色に包まれている。されば嫁ぎくる大切な花嫁の、未来の幸福を予祝しているかの如くである。春が巡りきて、わが家の庭にも又かわいい鶯の訪れを待望する心躍るような弾んだ気持を、メルヘン風に明るく楽しく美しいタッチで詠む。

☆77

木蓮《もくれん》の散《ち》りて干潟《ひがた》の貝《かひ》めける林《はやし》の道《みち》の夕月夜《ゆふづくよ》かな

【出典】『火の鳥』11　『新萬葉集』再録

【大意と鑑賞】樹の間を洩れる淡い夕月の光のもと、今わたしの行く林の道に、木蓮のふっくらした花びらが散り落ち、そこここに華やぎ匂っております。これはちょうど（ふるさと堺で見た）引き潮のあと現れる、干潟に残された、みずみずしく美しい貝殻のようです。なんと趣深い夕月夜なのでしょう……。

晶子は、遠く海鳴りを聞く海浜の町・堺で生まれ育った。されば【大意】中の解に記したように「干潟」への連想の中に、無意識下にせよ愛郷の心が揺曳していよう。ほの明るく暖かみのある幽趣の中に、落ちついた抒情性をたたえつつ沁みじみとした境地に誘う美しい歌である。

☆78

たちばなの香《かぐ》の樹蔭《こかげ》をゆかねども皐月《さつき》は恋《こひ》し遠居《とほゐ》る人《ひと》よ

【出典】『夢の華』25

【大意と鑑賞】 千年以上も前の平安王朝以来、時鳥《ほととぎす》のくる五月《さつき》を待って咲く花橘《はなたちばな》の甘ずっぱい香りは、昔親しんだ恋人を懐しく想い起させると言われてきました。その「たちばな」の芳香に満ちた樹のしたかげを、今通っているわけではないのに（そこを通っているかのごとく）、皐月[53]（五月）ともなると頻りに今は遠く離れて逢うこともない、昔懐しい人のことが恋しく思い出されてきます……。

　この心情的日本文化の源泉に『古今集』の名歌「五月《さつき》待つ花橘の香《か》をかげば昔の人の袖の香ぞする」[54]がある。この伝統[55]を一旦否定することによって、その反作用としてより強い効果を生む。それは茫洋として明るく且つ甘美な哀感を誘う。

☆79

三井寺や葉わか楓《かへで》の木下《こした》みち石も啼くべき青あらしかな

【出典】『恋衣』〈曙染〉23

【大意と鑑賞】近江の国、三井寺の初夏、参道の石段の石が白々とつづく。それに覆いかぶさるように生い繁る新緑の楓の若葉が目の覚めるように美しい。ささなみの琵琶湖の湖面を吹き抜けてきた爽やかな五月の強い風は、若葉をさわさわと揺るがして吹く、この薫るような青嵐に、石段の石もむせび啼いているように見えます……。

三井寺は滋賀県大津市の琵琶湖のほとりにあり、正しくは長楽山園城寺、天台宗寺門派の総本山。三井寺の呼称は、天智、天武、持統の三帝の産湯に用いられた霊泉（御井《みい》）があることによる。楓の名所。爽快な作品で印象も極めて明快、「石も啼く」の大胆な主観的擬人法もさらに生気を添える。

☆80

鎌倉や御仏《みほとけ》なれど釈迦牟尼は美男《びなん》におはす夏木立かな

【出典】『恋衣』〈曙染〉6　『明星抄』再録

【大意と鑑賞】ああ、ここは鎌倉！　この地に鎮座しておられる大仏さま（釈迦牟尼）は、青々とした夏木立を背に、それと調和しつつ、み仏ではあられるけれども、その慈顔はこれまた端正そのもので、なんとまあ美男でいらっしゃることでしょう……。

人口に膾炙した歌であるが、腰句中の「釈迦牟尼」は学問的にいえば「阿弥陀如来」。しかしシャカムニというサンスクリット語の奏でる音色の妙は他では代え難い。「……や……かな」の俳句的照応スタイルの援用も巧みであるが、なんと言ってもユニークなのは、信仰の対象である仏像を「美男におはす」と詠う若き女流歌人の大胆な姿勢にある。この歌の生命《いのち》もそこにある。

☆81

髪に挿《さ》せばかくやくと射る夏の日や王者《わうしや》の花のこがねひぐるま

【出典】『恋衣』〈曙染〉13

【大意と鑑賞】朱夏、ひまわりの一花を手折って、髪飾りとして髪に挿しますと、太陽神アポロンは相対者に対するごとくその花に向って、（強烈な力を秘めた）赫奕《かくやく》たる日の光を照射してきます。烈日の中、堂々とそれを受けてたちつつ、黄金色に輝き、豪放に咲き誇る大輪の黄金日向葵《こがねひぐるま》（＝ひまわり）、この花こそまさに王者の花ですね……。（それを髪に挿している私自身も一体化して、王者になったような誇らかな気分です。）

「かくやく」は「赫奕」で、光り輝くさま。また、黄色→黄金色→黄金→王者、と連想の翼を広げている。酷暑の夏にも負けることなく逞しく生き抜きたい、との密かなる願望のロマン的反映である。

☆82

夏《なつ》の花《はな》みな水晶《すゐしやう》にならむとすかはたれ時《どき》の夕立《ゆふだち》の中《なか》

【出典】『春泥集』446

【大意と鑑賞】たらたらと強烈な暑い日射しを浴びつつ、永い一日を耐えつづけてきた疲れぎみの夏の花々、やっと夕方になったころ突然の白雨《ゆうだち》に見舞われました。するとどうでしょう。その花たちは皆一斉に冷んやりとして透明感のある、あの美しい水晶に変わろうとしています……。

「かはたれ」は「たそがれ」と同じく夕方。少し前の白秋の名詩「片恋」にも同様の語法が見られる。炎天下、移動もままならず酷暑に耐え続けて生きるほかのない花々が、恵みの白雨（夕立）の中で活きいきと蘇生していくさまを、ほっと安堵の心で優しく見つめ、さやかな感性を駆使したメタファー「水晶」によって、美しく表現したものである。

☆
83

夏《なつ》の水雪《みづゆき》の入江《いりえ》の鴨《かも》の羽《は》の青《あを》き色《いろ》して草《くさ》こえ来《きた》る

【出典】『夢の華』4　『明星抄』再録

【大意と鑑賞】入道雲湧きたち、強い日射のもとキラキラと耀う夏の海、満ち潮どきともなれば、その青空を映す豊かな海水は、まっ白く雪の積った入江に憩う鴨の羽根のような、艶やかな美しい青い色をして、水際《みぎわ》の緑なす草々を力強く乗り越えて押し寄せてきます……。

北斎の絵を見るようなシャープで動的なタッチ、逞しい（夏の）力を感じさせる。色彩のコントラストも絶妙。二・三句は「青き」にかかる序詞的明喩。輝く夏の海の光景を叙しながら、同時に冬・鴨の遊ぶ情景をオーバーラップ。「暑」中の「冷」も触感的な抜群の調和を保つ。作者の心象風景。中年期の自選歌集『明星抄』に敢えて選入した自信作のひとつ。

☆84

夏《なつ》のかぜ山《やま》よりきたり三百の牧《まき》の若馬耳《わかうまみみ》ふかれけり

【出典】『舞姫』79　『明星抄』再録

【大意と鑑賞】高原の、山の裾野に広がる緑の牧場は、今、夏である。爽やかな風が峰よりさぁーっと吹きおろしてきて、三百頭ほどの、そこに遊ぶ若駒のピンと立てた耳を撫でて通りすぎてゆく……。

いのち漲る夏、生き生きとして伸びやかな景、その〈爽涼〉感は、視覚的に、触覚的に、即、読者の心にも喚起される。「三百の」は数喩法、「多くの」の意の強調で全体を引き締める。夏の風音の中にも何ものかを怯《おび》え聞き分けんとする敏感な若駒の耳、その耳にピントを合わせた表現は新鮮で効果的。青少年対象雑誌の『中学世界』初出の歌で、生命感・爽涼感と共に、青春特有の震えるような鋭敏感をも象徴させた主観的叙景歌。

☆85

わが二十《はたち》町娘にてありし日のおもかげつくる水引の花

【出典】『さくら草』287　『新萬葉集』再録（(4)面かげ作る）

【大意と鑑賞】年齢がほんのまだ二十《はたち》で、初々《うい》しい町娘であった日のわたし、その容姿と雰囲気をみごとに再現して見せてくれるような花ですね、この水引の花は……。

「水引」はタデ科の多年草。花期九―十月。花の色は赤・白。小粒の花は細かい線状の茎の上に点々とひらく。夏の日など涼やか。命名に庶民生活的感性の閃きが見え共感を喚ぶ。その素朴でスーと気持よく伸び、かつ堅いイメージを持った清楚な味わいが、(堺の)町娘時代のわが身を連想。同時に夢多き日々を過ごした家郷の娘時代を三十代後半の中年期の視座より回想、懐しむ。『新萬葉集』にも再録され、晩年においてもなお作者自身の愛誦歌であった。

☆86

おどけたる一寸法師《いっすんほふし》舞《ま》ひいでよ秋《あき》の夕《ゆふべ》のてのひらの上《うへ》

【出典】『佐保姫』221

【大意と鑑賞】おどけた、すなわち滑稽なことを言ったり、またその仕草《しぐさ》をしてお姫さまを慰めた、あのお伽ばなしの一寸法師よ、今、舞い出でておくれ…。秋の夕べの淋しいわたしの手のひらの上に……。

秋の夕べのやるせない〈淋しさ〉を滑稽な笑いによって紛らそうとする処世法は晶子のアイデンティティであり、それを着想の妙と軽妙で生き生きとした描写力がバックアップしている。この歌を『佐保姫』（明42・5）の次元[56]の歌として読むと、深い陰翳を刻む〈淋しさ〉の淵源に、浪漫主義の牙城の崩壊を意味する『明星』の廃刊[57]と、わがために恋を譲り秀れた才能を有したまま、星座を離れて行った山川登美子の死への思いがある。

☆87

金色《こんじき》のちひさき鳥のかたちして銀杏ちるなり夕日の岡に

【出典】『恋衣』〈曙染〉117　『明星抄』再録　⑸丘の夕に）

【大意と鑑賞】　閑かな晩秋の夕べ、あかあかとした射光のなか、銀杏《いちょう》の黄葉が金色に光るかわいい小鳥の乱舞のように、ひらひらひらひらと散り次いでいます…。夕陽の一ぱいに射している丘の上に……。

「銀杏」は「公孫樹」ともいい中国から来たイチョウ科の大高木。秋の夕べの金色燦爛、荘厳なまでの美しい世界が構築されている。「金色《こんじき》の」のルビの訓《よ》みも貢献。夕陽のなかを輝きながら散りいそぐ銀杏の葉の躍動感を「金色《こんじき》のちひさき鳥のかたちして」の直喩法の表現が、それに生命感を吹き込み、印象鮮明に見事にとらえた。美的「幻想の実感」を尊ぶ作者の傑作。伝統的な秋の夕べの寂寥観を一気に払拭して新鮮である。

☆88

野分姫《のわきひめ》ももたり手《て》とりしろがねの靴《くつ》してきたる花《はな》ぐさの上《うへ》

【出典】『常夏』330　『明星抄』再録（(4)沓してきたる）

【大意と鑑賞】「秋の花野、そこの花々を吹き靡《な》びかせている台風めいた強い風を見ていると、百人ほどの野分姫たちが、手を引き合って、銀の靴を穿《は》いて、向うへ走って行ったり、こちらへ走って来たりしているようです。姫たちのかわいい髪と思われるような色のものも靡びく、また紫の裳裾のようなものもひらひらとしています。[58]」……。

「野分姫《のわきひめ》」は、野分すなわち秋の頃吹く強い風のことで多く台風を指しているが、その風を司るかわいい女神。晶子の造語か。「ももたり」は「百人」で例の数喩法、「多人数」の喩。「しろがねの靴《くつ》」は、強風によって花野の露が吹き散る視覚像の美しい喩。動く童画風の心楽しい一首である。

☆89

友染の袖《そで》十あまり円《まる》うより千鳥きく夜を雪ふり出でぬ

【出典】『毒草』（金翅）7

【大意と鑑賞】古都京都、冬の夜、三本木あたりの鴨川堤[59]、夜目にも美しい華やかな友禅染めの振り袖姿の若い舞妓が五・六人、円い形に集って清らかで寂しい千鳥の鳴き声に耳を澄ませています。折から、静かに柔かに雪も舞いはじめてきました……。

腰句「まるうより」は「円く寄り」の上方風の音便で、端的ではあるが、その寒い冬の夜のはんなりとした臨場感ある描写に役立っている。また「友染の袖十あまり」の「十あまり」は、例の晶子得意の自家薬籠中の数詞法であるが、それがまた若い「五、六人の舞妓」を暗示する換喩でもあり、この援用も効果的でみごとである。なつかしい古都情緒の横溢した傑作の一つである。

☆ 90

あらし山《やま》名所《めいしよ》の橋《はし》の初雪《はつゆき》に七人《なゝたり》わたる舞《まひ》ごろもかな

【出典】『夢の華』119　『明星抄』再録

【大意と鑑賞】「京都の名所の嵐山の前を流れる大井川に掛つた渡月橋を春の初めの雪の日に傘が渡つて行く。自分は北岸の宿屋の階上からそれを見て居た。今行く傘の人は女である。然も女の中でも姿の最も美しい舞姫達である。皆で七人の舞姫が行く。華美《はで》な春衣裳が山の吹き下す雪まじりの風、橋の下から飛沫《ひまつ》を上げる川風に吹かれて靡く。[60]」……。

「あらし山」は人も知る日本を代表する絶景の一つ。その名の如く実際に吹く風の穏やかでないことで有名。「舞ごろも」は舞姫の着ている華麗な舞衣のことであるが、天女のように美しい舞姫＝舞妓の換喩。白一色の雪の名橋に艶美な舞妓を配合させつつ初春《はつはる》の京の情緒を満喫。

☆91

地《ち》はひとつ大白蓮《だいびやくれん》の花《はな》と見《み》ぬ雪《ゆき》の中《なか》より日《ひ》ののぼる時《とき》

【出典】『夢の華』30　『明星抄』再録

【大意と鑑賞】見わたすかぎり真白な大雪原の夜明け、その彼方の雪の中から、今まさに、静かに太陽が昇りはじめました。するとその瞬間、旭光を浴びた銀世界は、さながらひとつの、淡い茜色をふふんだ荘厳でこの上なく美しい大白蓮の花に見えました……。

大雪原の日の出の光景をダイナミックにとらえ、「大白蓮の花」と幻視したもので、また白蓮自体、仏教にゆかりの深い文化を担った花ゆえ、そこに自ずと、美しい上に清浄で荘厳な雰囲気が滲出。一読、俗念を払拭してくれるほどの鮮烈な幻視力と表現力で読者を圧倒。まさに歌集『夢の華』を代表する秀逸の一つ。

☆ 92

御空《みそら》より半《なかば》はつづく明《あか》きみち半はくらき流星のみち

【出典】『流星の道』1

【大意と鑑賞】（神さまの支配していらっしゃる）大空から一本の道が通っています。その道の片側の半分は明るく続き、もう一方の片側の半分は、流れ星の光り消えゆく闇のように暗いものです……。

「御空」の「御《み》」は音調を整える意味もあるが、それ以上に大空・宇宙を支配されている偉大な神への敬意の心がある。「つづく」は「明きみち」「流星のみち」両方にかかる。「くらき」の前のそれの省略。四十六歳の時の作。苛酷な試練を経たこの歳にして初めて人生の道の抱く〈明―暗〉〈陰―陽〉が見えてきたのである。集中、陰鬱な作品も多いが、現実には「ブライトサイドを見てダークサイドを見ない[61]」人生哲学により救済。

☆93

天人の一瞬《またゝぎ》の間《ま》なるべし忘《わす》れはててん年《とし》ごろのこと

【出典】『火の鳥』25　『新萬葉集』再録

【大意と鑑賞】人間界で過ごしてきた私のこの十四、五年間[62]などは、天界の住人である天人にしてみれば、その美しい眼の一瞬きの間にすぎないほど〈短い〉ものでありましょう。とすれば、その間に、私の身の上に起きたさまざまなネガティブな事どもなど、この際水に流したようにきれいさっぱり忘れてしまうことにいたしましょう……。

　作者四十二歳の頃の作。四句の表現の強さに、かえってその間の辛酸労苦の並々でなかったことが知られる。「天人の一瞬《またゝぎ》の間」というのは「極度に短い時間」の喩であるが、尚美精神に彩られてこよなく美しい。火宅の心を捨て尚美的浪漫精神によって新生を図らんとする建設的な星の子[63]の心。

☆ 94

劫初《ごふしよ》より作りいとなむ殿堂にわれも黄金《こがね》の釘一つ打つ

【出典】『草の夢』1　『新萬葉集』再録

【大意と鑑賞】64 遥か遠い遠い昔、天地開闢《かいびやく》のときより造営され続けてきている未完の文化の宮殿に、私もその一助として釘を、それも華麗で腐食することのない「金」の釘を一本打つのです……。

歌人としても、人生的にも熟成期に入った四十四歳の時の作。「劫初《ごふしよ》より」の句は、『古今和歌集』仮名序の「やまとうたはひとのこゝろをたねとして……このうた、あめつちのひらけはじまりける時よりいでにけり」を下敷とし、敷衍《ふえん》して芸術の殿堂、文化の殿堂をも意味する。

自身の創作信念を謙譲と衿持の心で吐露したものであるが、この高貴な精神は人々のさまざまな人生にも普遍的にオーバーラップできる卓抜な象徴歌でもある。

☆95

青空のもとに楓のひろがりて君亡き夏の初まれるかな

【出典】『白桜集』124

【大意と鑑賞】明るい青空のもと、若みどりに輝く楓の枝葉が、生き生きとみごとに広がって、君亡き夏、ひとりぽっちで生きてゆかねばならぬ初めての夏が始まりました……。

「君」は、この歌の場合はまぎれもなく、尊崇する師であり、実生活上の夫であり、永遠の恋人、でもあった寛（若き日の鉄幹）を指す。その人、永い永い歳月を歓びも悲しみも混えて共に過ごしてきた人—が逝去し、（わたし一人を人間界に残し）天界星都へ回帰して行った。上句で渝《かわ》らぬ自然の溢れる生命力を詠み、下句で対照的に自己の内面を詠む。平明な措辞と流れるような美しい旋律に乗せて、静謐さの中に深い喪失感と抑制された哀しみが滲む。

☆ 96

今するはつひに天馬の走《は》せ入りし雲の中なる淋しさにして

【出典】『草の夢』14　『新萬葉集』再録　(1)今しるは　(3)馳せ入りし)

【大意と鑑賞】今する(知る)ことには、奔放自在、自由無碍に天界を駆け廻り駆け巡っていた天馬、ペガサスが、遂に湧きたつ白雲の中に馳せ入って、その姿を隠してしまった…静かさ…(そして二度と再び現われることのない)そんな淋しい気持で一ぱいです……。

『草の夢』中の歌で、『新萬葉集』自選五十首中にも再録された。初出は、大正十年十一月十三日「大阪毎日」上で四十三歳の時の作。すでに老いの悲哀感を滲ませる。『新萬葉集』再録時の心境の投影を読み込めば最愛の恋人(夫・寛)を亡くした喪失感が加わる。挽歌である。然し、老境の悲哀と深い喪失感を詠出しながらも、その三十一黄金律は華麗さを秘める。

☆97

菜の花がところどころを巻絵してかつ淋しけれ葛飾の野は

【出典】『草の夢』243　『新萬葉集』再録（(4)かつ寂しけれ　(5)葛飾《かつしか》の野は）

【大意と鑑賞】菜の花畑が野のところどころに点在し、王朝絵巻の下絵のごとく彩ってはいますが、一方わたしの心眼には、その光景が無限に淋しげに映ります、ここ葛飾の野は……。

「かつ」は副詞で並列進行の中で、また片方では、の意。「かつ淋しけれ葛飾の野は」の堅いK頭韻の重畳が、天明の兄と親しんだ蕪村の、「菜の花や月は東に日は西に」の句の世界を脱して、堅く重い心の情況と一体になりつつ寄り添う。若き日の☆52・73の歌との位相は歴然である。それが静寂さの中に沁みじみとした奥行きのある深さを生んでいる。「巻絵」の措辞による王朝的美感と亡き人への無限の思慕の情が渾融して、わずかに艶な趣を添える。

☆ 98

木の間なる染井吉野の白ほどのはかなき命抱く春かな

【出典】『白桜集』2319

【大意と鑑賞】木の間《こま》に幽かに見えるさくら、染井吉野の白色ほどのはかない命を抱いて、やっと命永らえているこの春なのです……。

重篤な病による病床吟。

わが上に残れる月日一瞬によし替へんとも君生きて来よ

と共に、『白桜集』に載る。晶子六十三歳、最晩年の秀作。「木の間なる……」の上句は「はかなき」を導く序詞であるが、接合・彫琢の跡の見えない天衣無縫の修辞により、微かな艶を秘めつつこの上なく柔かく靄靄《あいあい》とした調べを奏でる。心に愛の埋み火を抱きつつ残生を生きる孤心のさびしさ。「新古を問わず、短歌とはまたこうした美しさではなかろうかとさえ思わせられる」[65]歌である。

☆
99

菊《きく》の助《すけ》きくの模様《もやう》のふり袖《そで》の肩脱《かたぬ》がぬまに幕《まく》となれかし

【出典】『青海波』8　『新萬葉集』再録

【大意と鑑賞】　ここ歌舞伎座の夜、今、眼前に、河竹黙阿弥作の超人気狂言、「青砥稿《あおとぞうし》花紅彩画《はなのにしきえ》」、俗に「白波五人男」の序幕「浜松屋の場」の演技が、軽妙に威勢よく繰り広げられています。（全体に、華麗な様式をもつ動く錦絵であり、明るく燃えたつ緋と群青の世界です。）五人男の中の一人、振袖姿で女装し武家の息女と名乗る美貌のやくざ（尾上菊五郎扮する）弁天小僧菊之助、その渾身の演技を観ていますと、次の「知らざァ言って――」の七五調の名セリフを吐きつつ（桜の彫物の左肩腕を見せながら）美しい菊の模様の振袖を肌脱ぎにして居直る場面を想像し、その前に終幕となってほしい……。

人生終焉の美学をも暗示。

☆100

冬の夜の星君なりき一つをば云ふにはあらずことごとく皆

【出典】『白桜集』430

【大意と鑑賞】冴えざえとした冬の夜空を見上げると、そこには満天の星が宝石箱をひっくりかえしたように煌いていました……。その星は今は亡き恋しい「君」のように思われました。いや「君」そのものなのです。それも特定の一つというのではなく、そのすべてが……。

星降る美しい冬の夜空総体[66]が一つとなってわたしと対峙、星の子の語らいの極致を詠む。飛躍的誇張表現をとりながらも実感。この作は昭和十年十二月号『冬柏』誌上に発表された。実はこの年の三月、すでに夫であり永遠の恋人でもあった寛（鉄幹）は、ひとり星界に回帰。されば「その底に激しい思慕の情、慟哭の心が流れている[67]」のである。

注 解

1 若い作者の晶子自身、肌の白さと黒髪の豊かさとには自信があり、ひそかに誇りにしていたと言われる。また側近の佐藤春夫の言にもあり、自他共に認めるものであったらしい。
2 参考文献αの三七頁。
3 バーバラ・ウォーカー著・山下主一郎主幹『神話・伝承事典』（昭63・7、大修館書店）の一六三頁参考。
4 この時を回顧して詠んだ歌に☆57（『常夏』127番歌、『明星抄』再録140）、

ふるさとを恋ふるそれよりややあつき涙《なみだ》ながれきその初《はじ》めの日

がある。
5 『青木生子著作集』第八巻―女流歌人篇―（平10・6、おうふう）の一三〇頁。
6 河野鉄南。晶子と同郷の堺市にある覚応寺の子息（当時、後に住職）で、文芸グループ「関西青年文学会」で知り合った年上の先輩。晶子の目には美青年と映っていたことにもよるが、更に馬場あき子氏は、鉄南宛の書簡を資料に「晶子の思慕はその寛容なやさしさに向けられ、女を軽侮しない大きな平等的態度への好感に発していた。……晶子らしい知的評価に発した熱情」と分析。（参考文献N中）『みだれ髪』中の「若き美僧」のモデル。晶子に対しては、兄のように優しく接していたが、「恋」に関しては住職としての宿命を顧慮してか、きわめて冷静的客観的対応を持ち続け、結果的に晶子の思慕を恋として受け入れずに終った。本書☆44（『みだれ髪』33）にも、

牧場いでて南にはしる水ながしさても緑の野にふさふ君

がある。「緑の野」の「緑」は色彩象徴法で「沈静な心」・「恋なき心姿」を象徴。しかし現在でも覚応寺で晶子の祥月である五月、白桜忌が営まれている。

7　参考文献Nの六〇頁。

8　参考資料αの三三頁。

9　「桜月夜」は、普通には晶子によって初めて使われた表現、すなわち〈造語〉といわれている。しかし、これは和歌（短歌）史上のことで、文芸史上に枠を広げて見れば、栗田靖論文「『桜月夜』考―与謝野晶子造語説をめぐって―」（『國文學』第三〇巻第一号、昭60・1、學燈社）にあるように、俳句の世界では既に、

小謡や桜月夜の二条衆　内藤鳴雪　明31・3『新俳句』民友社刊

三味線や桜月夜の小料理屋　河東碧悟桐　明31・5・13　雑誌「日本」

他の先蹤がある。晶子の歌が『明星』（明34・5）に発表されるよりも三年も前のことである。そして栗田論文は「しかし、これによって『清水へ……』の歌の評価が半減するものとも思われない。むしろ晶子が俳句実作の体験から、一首に新季語としての『桜月夜』を積極的に用い、これを自らの歌に生かしたことを評価すべきではなかろうか。」と結んでいる。

10　「夕ぐれの」の季は、『みだれ髪』中の歌の配列の心を顧慮して「春」とした。

11　「下京や」を初句に置く表現に、有名な凡兆の句「下京や雪つむ上の夜の雨」の影響を見る向きもある。勿論それよりの触発は否めないが、仕立て上げられた作品は優に別乾坤《けんこん》を建立している。また「下京」は当時三条以内、住宅の多い上京に対して商家の密集した地域で、同じく商家出身

の作者・晶子にとっては、格段の親しみのあった地域であろう。とすれば「男」への優しい対応にこんな原風景も無意識に影響していたのかも知れない。それを〔大意〕に反映させてみた。

12 「いぬゐ」は「戌亥」、「乾」とも書き、方角の名。戌と亥の間、西北。

13 鳥羽天皇（一一〇三～五六）は、上皇となり院政を行うが、皇位継承の問題で紛争が絶えなかった。保元元年に逝去するが、その後、九日にして保元の乱が勃発。源氏・平家の台頭の契機となる。そして世は貴族から武士の時代へと移っていく。よってこの作には、作者の古きよき王朝時代への無限の愛惜の心が秘められていよう。

14 蕪村の句に「鳥羽殿へ五六騎いそぐ野分かな」「河骨の二もとさくや雨の中」「柚の花やゆかしき母屋の乾《いぬゐ》隅」などがある。

15 芳賀徹著『みだれ髪の系譜―詩と絵の比較文学―』（昭56・7、美術公論社）の二五頁参考。白馬会は紫派とも呼ばれた黒田清輝らの新進画家のグループ。

16 明治三十三年八月六日の浜寺の歌会上「衣」による即詠。鉄幹とのやりとりの手紙を資に事前に知っていたらしい、との説もある。

17 例えば古典俳句では「主や誰れ垣よりうちも菫のみ」（闌更）等があり、古典和歌には「主やたれといへど白玉はいはなくにさらばなべてやあはれ思はむ」（『古今和歌集』873・河原左おほいまうち君）

18 参考文献αの三四頁。

19 「あでびと」は『現代自選歌集』（大8、新潮社）に「風男流《みやびを》」とあり、『晶子短歌全集』（昭4、新潮社)・改造社版『與謝野晶子全集』には「あてびと」とあり理解に苦しむが、歌集(初版・三版・四版)の本文を尊重すれば「あでびと」となる。とすれば「あでやかな人」つまり「金払いもよく派手で遊び上手、しかも結構、教養があり、風流を解する客人」「風流男《みやびを》」の意になる。

20 「御幸源氏《みゆきげんじ》の巻絵《まきゑ》の小櫛《をぐし》」の「巻絵」は『晶子、短歌全集』(大8、新潮社)に「蒔絵」とある以外すべて同じである。また『草の夢』より自選により選入された『新萬葉集』五十首中の一首に、

菜の花がところどころを巻絵してかつ寂びしけれ葛飾の野は(☆97)

があり同様の表現が見られる。とすれば、櫛の塗りが豪華な蒔絵仕立になっている事を加味しても、「源氏物語の御幸の巻の様子が描かれている挿し櫛」ということになろう。それでは御幸の巻の内容は、というと、冷泉帝の大原野御幸つまりお出まし、のこともあるが、一方美しく成長した姫君・玉鬘にしつこく懸想する光源氏のお話も含む。さればその櫛を不注意とはいえ膝の上に落とすということは、舞姫を玉鬘に擬すれば、「今夜の私はそちら様のお心次第…」のメッセージ、またはそうとられても仕方のない意味深長な行為ともとれる。失態自体の恥しさと、この意味でも困った恥しいこと、が加わる。

21 初出・三・四版では、第四句が「伏見をくだる」となっている。

22 ○春水浮ベ㆓梅花ヲ㆒ 南流シテ菟合ス㆑澱ニ
錦纜君勿レ㆑解クコト 急瀬ニ舟如シ㆑電ノ
○菟水合シ㆓澱水ニ㆒ 交流シテ如シ㆓一身ノ㆒

舟中願クハ同レ寝クシヲ　長ク為ラン二浪花ノ人ト一　※原文は返り点・送り仮名なし。

「澱河」は淀川、「菟水」とは宇治川のことである。すなわち、それを中国風にハイカラに言ったものである。これも晶子の歌ごころを刺激していたことであろう。

23 「上よりおるる道に、弁の宰相の君の戸ぐちをさしのぞきたれば、昼寝し給へるほどなりけり。萩、紫苑、いろいろの衣《きぬ》に、濃きうちめ心ことなるをきて、額はひきいれて、硯の筥に枕してふし給へる額つき、いとらうたげになまめかし。絵にかきたる物の姫君の心地すれば……」（・印は稿者、岩波・日本古典文學大系『枕草子・紫式部日記』による。）に宿す王朝美学も、そのイメージの下敷ともなっていよう。

24 『みだれ髪』中、同種の修辞法の援用されている歌に次の作がある。

　雁よそよわがさびしきは南なりのこりの恋のよしなき朝夕《あさゆふ》　387

この作中の「雁」は雁月の、「南」は鉄南の、一字を結び字的に折り込む。

25 ☆14（注6）参照。

26 この歌を含む「蓮の花船」の章は、作者・晶子が町娘であった頃の堺が舞台で、その回想と懐旧の心を主たるテーマとしている。参考文献γの二九頁～三二頁参考。弟子の中で晶子を一番大切にしてくれた師匠で酒豪でもあった。とすれば、この師は、晶子にとって忘れがたい人々の中の一人であり、体調の方も、酒→糖尿病→眼疾併発、のプロセスの想像も難くない。

27 「とや心」は「心とや」の倒置で、更に本来意味的には結句に続くものの倒置、つまり、

　朝の小琴《をごと》の四つの緒《を》のひとつを永久《とは》に神きりすてし心とや

ともとれる。「……神きりすてし」、そういう心持ちであろうか—の強意法。「四」が四人の兄弟の喩であることには変りない。しかし、これだと、「鳥屋心」の絵画的喩からくる情趣による表現と比べてインパクトは弱い。

28 『みだれ髪』中、同種の数喩法を援用した作に、

　ながしつる四つの笹舟《さゝぶね》紅梅を載せしがことにおくれて往きぬ　151

がある。この「四」も晶子と同腹の兄弟（妹）の喩。「紅梅を載せし（舟）」は晶子自身の喩。「紅」は〈恋〉の情熱の色彩象徴であり、自分から進んで求めた恋ゆえ仕方のないことだが、わたし（晶子）だけが兄弟から距離を置いてしまった事の一抹の淋しさを詠む。

29 参考文献γの一一一頁〜一一八頁。

30 チチアンは日本での通称で、ティツィアーノ Vecellio Tiziano（一四七七—一五七六）ルネッサンス後期のイタリアの画家。ヴェネチアの富裕な市民の豪奢な生活の雰囲気の中に、豊満な婦人像を好んで描いた。

31 窪田空穂著『思い出す人びと』—窪田空穂文学選集　第一巻—（昭33、春秋社）の五七頁。

32 参考文献Aの一三一頁。

33 十年後の四十歳の時の自選歌集『明星抄』の巻頭歌に、

　たのみてし初念をにくきものとせずながきすく世を相かたりゆく

があり、「初念」への決意のようなものが維持されている。

34 「夢路《ゆめぢ》」＝「夢の通い路」、夢の中で恋しい人とこっそり逢うために往き来する特別の路。「住の

江の岸による浪よるさへや夢の通ひ路人めよくらむ」（『古今和歌集』559、藤原敏行）。

35 中国・南斉の東昏侯が美しい潘妃《はんき》に金製の蓮華の上を歩かせたという故事。金蓮歩。ここでは美人の歩き方。

36 「うたた寝に恋しき人を見てしより夢てふものはたのみそめてき」（『古今和歌集』553）

37 『舞姫』37に「ゆるしたまへ二人《ふたり》を恋《こ》ふと君泣《きみな》くや聖母《せいぼ》にあらぬおのれの前《まへ》に」とあり、「恋人」（鉄幹）の魂の分割による「ふたごころ」の存在、具体的にいえば山川登美子への愛情の継続への嫉妬。また118歌には「君《きみ》かへらぬこの家《や》ひと夜《よ》に寺《てら》とせよ紅梅《こうばい》どもは根《ね》こじて放《はふ》れ」の如き激しい歌もある。

38 参考文献βの一二四〜一二五頁。

39 『遺稿稿本』（岡田利兵衛、他編「蕪村集（全）」――『古典俳文学大系』第十二巻――昭47、集英社）

40 参考文献βの一六四頁。

41 歌集『太陽と薔薇』に「悪龍の醜きを打つわれを打つはかなけれども本心の打つ」の歌があり、その晶子的解釈よりの類推。

42 池田弥三郎著『万葉びとの一生』――講談社現代新書502――（昭53、講談社）

43 同じく『青海波』に同想の

　契《ちぎ》らねど衰へは来《き》ぬ何となくうらはかなきをわれに知らせて

の作があり、本歌と同様、中年期の自選歌集『明星抄』に再録されている。

44 参考文献Nの一九三頁。

45　子等の中の一人である森藤子氏は「燃えたつような南仏の野、おどるような再会のよろこびと幸せが、この歌を口ずさむたびに伝わって来て、私は母が、子どもや家の心配から解放されて、こんな美しい幸せな時をもてたのだということを、娘として喜びたいと思う。」（森藤子著『みだれ髪』昭42、ルック社）

46　木俣修筆『定本與謝野晶子全集』第一巻（昭54、講談社）〈解説〉参考。

47　参考文献βに「やゝ遠い空の下に桜が並んで咲いて居る。自分はこんな景色を西京《さいきやう》の春によく見た。」とある。同じく『夢の華』中に、

　仁和寺《にんなぢ》を小高《こだか》き岡にながめつつ嵯峨《さが》へいそぎぬ春《はる》のをぐるま

があり、春泥には空間的構図による著名な一句、

　仁和寺やあしもとよりぞ花の雲

があり、さらに、天明の兄と呼んで、晶子が親しみ且つ敬愛していた蕪村に、

　眠たさも春は御室の花よりぞ

の句もあることにより、下句発想の淵源となる上句のイメージに、「さくらの上の塔」の、絶妙な配合美で高名な御室《おむろ》の仁和寺を思い浮かべていたであろう、と見るのも一考であろう。しかしそれのみに固定しなくても、一般的に、「京」のもつ春のイメージの象徴、それに重ねて、恋しきわが人生の春の国の象徴として「さくらの上の塔」を味わうこともできる。ともあれ、〈救い〉としての浪漫による京幻想である。

48　古典和歌の世界でも名高い歌枕で、旧市内より大覚寺などのある北嵯峨に至る道。

49　平清盛の娘・徳子は、高倉天皇に嫁ぎ、安徳天皇の母となったが、寿永四年三月（一一八五）、源平最後の、壇の浦の戦のとき、平家一門と共に幼少であられた安徳天皇の御入水に従われたが、心ならずも源氏に救われて九死に一生を得、平家滅亡後は京都につれ戻され、東山の麓で髪を切って御出家になり、真如覚と号して草深い洛北の尼寺・寂光院の傍らに一宇の草庵を結び、両天皇と平家一門の菩提を弔うべく阿波ノ内侍らと共に一生を幽居なされたと伝え、その門院のわびしい生活と心情は『平家物語』のフィナーレ、灌頂巻「大原御幸」の章に悲しく美しく語られている。

50　支考の「春雨や枕くづるる謡本」、蕪村の「春風のつまかへしたり春曙抄」等にヒントを得ているらしいことから。

51　『春曙抄』はフルネームでいえば『枕草子春曙抄』。一般に広く流布していた北村季吟の名注釈書で全十二巻。延宝二年（一六七四）成立。『伊勢物語』の板本はふつう上・下二巻。

52　『與謝野寛集・與謝野晶子集』―現代短歌全集第五巻―（昭4、改造社）の「与謝野晶子集の後に」の中に「漸くわたくしの肉体が出産等に煩はされず、心理にはげしい変化のないおだやかな人間になって作った歌を、わたくしの歌として認めて欲しい……」とある。

53　晶子は古典風に「皐月」と表記しているが、ここでは新暦五月（May）のことである。名高いフランス詠でも新暦の五月を「ああ皐月……」と表記している。晶子は五月が大好きで「五月礼讃」の詩もある。よって『古今集』の「さつき」は当然旧暦であるから、科学的にはそこに多少の時間的ズレがあるわけであるが、言葉の不思議な魅力的雰囲気をつかんで、大ざっぱに「皐月」

と文芸的感性で表記している。また、五月が殊の外好きな晶子にとっては、昔の人を想い出すことで、川端康成の「美しい日本の私」の引用にもあるように、この美しい季節をその人と共有したいという無意識の願望が深層心理の中に潜んでいるのであろう。

54 『古今和歌集』巻三・夏、よみ人しらず（一三九番歌）。「橘」の歌は『萬葉集』にも存在するが、日本の伝統文化の源泉という意味では、この『古今』歌の方が圧倒的に大きな力を有している。

55 この昔の親しい人を思い出すという「伝統」は、例えば、近代童謡の名曲「みかんの花咲く丘」などにも受け継がれている。

56 この歌の初出は確かに『明星』明治四十一年十一月号であるが、編集され再構成された独立の歌集『佐保姫』（明42・5・16）の次元の歌として読むと、の意である。すなわち『佐保姫』発刊の約一ヶ月前の四月十五日に、恋がたきでもあり姉妹的盟友でもあった山川登美子が、二十九歳を一期として世を去っている。よってこの歌集は、登美子への挽歌集の感もある。

57 精確には第一次『明星』。明治四十一年十一月、一〇〇号をもって終刊。

58 参考文献βの一九五頁。

59 晶子歌集『舞姫』の141番歌に「冬川《ふゆがは》は千鳥《ちどり》ぞ来啼《きな》く三本木《さんぼんぎ》べにゆうぜんの夜着《よぎ》ほす縁《ゑん》に《ママ》」があり―「三本木―京都市上京区、現在荒神橋と丸太町との間の加茂川沿いの町名で千鳥の名所でもある。」（参考文献Mの八五頁）

60 参考文献βの一六〇頁。

61 第三期『明星』中、御令息・与謝野光氏の言として「……母はブライトサイドをみてダークサイドをみないという人生哲学を生涯の信条にしていた……」とある。

62　『火の鳥』中の作品とすると計算上このようになる。しかし、『新萬葉集』にも再録されており、晩年期の思いのこもった作品とすると、その倍以上のスパンになる。どちらにしても宇宙的視座からすれば五十歩百歩で「人の一生なども……」と敷衍《ふえん》していうことも不可能ではなかろう。

63　『舞姫』232に「とつぎ来ぬかの天上の星斗よりたかだか君を讃ぜむために」とある。「たかだか」は「声高らかに」の意。この初心への回帰による新生。

64　与謝野晶子「歌を志す婦人に」（『作歌入門』昭11・5、改造社―所収）に「『劫初より作りいとなむ殿堂』即ち悠久な大昔から建築をつづけてゐる宮殿と云ふのは、人類の多くが数千年の昔から次第に努力して築き上げて来た世界の文化―燦爛として立派な地上の文化生活を譬へたので御座います。」（ルビ略）とある。

65　青木生子著『青木生子著作集』第八巻（平10・6、おうふう）の二四六頁。

66　参考文献Dの一三一頁―参考。

67　参考文献Rの二九三頁。

参考文献（抄）

α　與謝野晶子著　『定本與謝野晶子全集』第十三巻―短歌評論―（昭55・4、講談社）所収『歌の作りやう』（大4・12、金尾文淵堂）

β　與謝野晶子著　『定本與謝野晶子全集』第十三巻―短歌評論―（昭55・4、講談社）所収『短歌三百講』（大5・2、金尾文淵堂）

γ　與謝野晶子著・竹久夢二絵　『私の生ひ立ち』（昭60・5、刊行社）

A　山崎敏夫筆　「與謝野晶子」（『水甕』―明治大正短歌評釋号―《昭9・10、水甕社》所収）

B　安部忠三著　『晶子とその背景』（昭22・7、羽田書房）

C　松田常憲著　『現代短歌の研究』（昭和23・4、文明社書店）

D　平野萬里著　『晶子鑑賞』（昭24・7、三省堂出版）

E　窪田空穂著　『與謝野晶子』（昭25・11、雄鶏社）

F　阿部静枝筆　「与謝野晶子」（『現代短歌鑑賞』第二巻《昭25・11、第二書房》所収）

G　佐竹籌彦著　『全釋　みだれ研究』（昭32・10、有朋堂）

H　藤森朋夫著　『近代秀歌』（昭34・9、明治書院）

I　木俣　修著　『近代短歌の鑑賞と批評』（昭39・11、明治書院）

J　村田邦夫著　『近代短歌要解』―改訂新版―（昭47・7、有精堂出版）

K　永田義直編著　『近代短歌名作選』（昭52・5、金園社）

L　窪田章一郎筆　「与謝野晶子」（『現代短歌鑑賞辞典』《昭53・9、東京堂》所収）

M　佐藤和夫著『与謝野晶子「舞姫」評釈』（昭53・10、明治書院）
N　馬場あき子著『与謝野晶子の秀歌』―現代短歌鑑賞シリーズ―（昭56・1、短歌新聞社）
O　芳賀　徹著『みだれ髪の系譜』―詩と絵の比較文学―（昭56・7、美術公論社）
P　新間進一著『与謝野晶子』―短歌シリーズ・人と作品4―（昭56・12、桜楓社）
Q　竹西寛子著『山川登美子―「明星」の歌人―』（昭60・10、講談社）
R　坂本政親筆「与謝野晶子」（『現代名歌鑑賞事典』《昭62・3、桜楓社》所収）
S　逸見久美著『小扇全釈』（昭・63・11、八木書店）
T　荻野恭茂著『与謝野晶子「明星抄」の研究』（平4・6、桜楓社）
U　別所やそじ・尼見清市共著『むかしの堺』（平6・4、あかがね印刷出版）
S　逸見久美著『夢の華全釈』（平6・7、八木書店）
S　逸見久美著『新みだれ髪全釈』（平8・6、八木書店）
V　松平盟子著『風呂で読む　与謝野晶子』（平11・2、世界思想社）
S　逸見久美著『舞姫全釈』（平11・7、短歌新聞社）
T　荻野恭茂校注「みだれ髪」（『東西南北／みだれ髪』《平12・6、明治書院》所収）
W　中山和子筆「みだれ髪」（『女性作家集』―新日本古典文学大系明治編23―《平14・3、岩波書店》所収）
X　平子恭子著『与謝野晶子の歌鑑賞』（平15・6、短歌新聞社）
Y　入江春行著『晶子百歌―解釈と鑑賞―』（昭16・4、奈良新聞社）

Z　今野寿美著　『24のキーワードで読む与謝野晶子』（平17・4、本阿弥書店）

《その他》

エピローグ

かつて東洋のヴェニスとうたわれた堺の町は、今も美しい町である。

明治十一年、遠くに海鳴りを聞く明るく温和な自然風土に囲まれた町、新しい文化の出入り口であった町、古い陋習と伝統文化を抱く町、―これはまた晶子短歌の光と影のルーツ、晶子は、こんな「堺」の町の、ほぼ中央にあたる目抜き通りの角に店を構えていた、一軒の商家、和菓子の老舗・駿河屋において、あたかも貴種流離譚の一つである、降臨して竹の節に宿った〈かぐや姫〉のごとく、生を享けた。届出名は「鳳志よう」。

そして、町娘として、このふるさとで多感な幸福な青春時代を過ごしたのち、千年に一人の女性、近代女性の光の原点と称される女性に、成熟・成長した。

その六十三年（一八七八〜一九四二）の生涯は、『みだれ髪』冒頭歌の抱く内容のたゆみない実践であり、その「理想」追求の使命に生きた、いわば浪漫的修験者のような一生であった。

この一生の、心の宝石箱からこぼれ出た珠玉のような百首を選んで、おおけなくも大意と鑑賞を施してみたのがこの小著である。

大きくは、若き日の『みだれ髪』と「それ以後」に二分し、その中の細かい配列についてはさして深い意味はない。が、読者諸氏が、たぶん愛誦・暗誦に便利であろうと思われる順序としてみた。稿者が年来、ひそかに愛用しているイメージ連鎖法である。

1　『みだれ髪』一巻を統べる、また晶子短歌世界を貫く基軸としての象徴歌。
2〜16　『みだれ髪』の中でも格段〈みだれ髪〉らしい歌。恋の予感→進展→成就。
17〜36　四季の歌。春→夏→秋→冬。
37〜38　山川登美子讃歌。―星座離脱者への思いやり―
39〜40　舞姫の歌。―表面は華やかだが、内面に人知れず苦悩を抱きつつ健気に生きる若者への思いやりとエール―
41〜48　心の襞に刻まれている若き日の懐しい人々が詠み込まれている懐郷歌。
49〜50　使命感に裏づけされた生活と、その夢達成の予兆感受の象徴歌。（〈虹〉は苦難のあとの希望の象徴）
51〜52　命がけの恋、達成後の心界より詠出された望郷・思郷歌。
53〜62　恋愛成就後のさまざまな心模様。

63　　生みの苦しみの実感とその表出。
64〜65　女の生命《いのち》の輝きの衰えの自覚と哀感。
66〜68　フランス詠。復活・再生の歌。
69〜91　四季の歌。春→夏→秋→冬。
92〜94　人生対峙詠。
95〜100　永遠の恋人の星界回帰後、おくれてなお一人生きる心境詠。

最後に、蛇足かも知れないが、本書における稿者の、晶子を含む明星派の運動に対峙するスタンスについて一こと言及しておきたい。それは、高名な佐竹籌彦氏の御説、すなわち「与謝野鉄幹を中心とする新詩社の同人たちは、当時自分たちのことを『星』または『星の子』と呼んでいる。これは既に成語となっている文星、将星などの『星』に雑誌『明星』の「星」を通はせたものであらうが、当時の新詩社の同人たちはその上に、時代に先んじて自我に目覚め、文芸上にそれを具現せんとする精神共同体であるといふ選民意識によって、特に自らを星と誇称したのである。」（参考文献G一頁）を基軸とする系譜に立ち、かつその上に新しく、運動の美的構想の動機を、日本人の心の底に眠っている、いわゆる折口民俗学にいう「貴種流離譚」

的なものの覚醒をしてとらえ、その意味合いを付加しつつ享受し、それを「大意・鑑賞」の面に反映させてみたものである。

なお、「貴種流離譚」は、日本の国の古い神々の物語における主要パターンの一つで、「国文学の発生」ともかかわる。それは、遥かなる異郷（海彼、深い山中、天界、等）からの来訪神である「まれびと」信仰を淵源にもつもので、その大概を記せば、貴種すなわち選ばれたある秀れた者（神、またはそれに相当する存在）が、何らかの理由により、また何らかの使命を帯びて、異界よりやってきて（流離して来て）、苦難に逢う場合もあるが、結果的には、すばらしい仕事等を人間のためにすることによって幸福を授け、その後、また元の異界へ帰って行く—という壮大な構想になる物語。自分のつとめを果して帰っていった場合は、神なのであるから、いわゆる人間界における「死」ではなくて、ただ住んでいる世界を異にしたにすぎない—と感受するのである。されば、☆12、☆100などもその心で鑑賞している。

晶子短歌よ永遠《とわ》なれ、読者諸氏に幸《さち》あれ、と祈念しつつ拙い筆を擱く。

初句索引

※数字は本書で取りあげた作品の通し番号（☆1〜100）

荻野　恭茂（おぎの　やすしげ）
（晴雨）
1937 年　広島県に生まれる
1967 年　名古屋大学大学院文学研究科修士課程修了
2000 年　文部大臣表彰（教育功労）を受ける
現　在　和歌文学会会員・中部日本歌人会会員・日本歌人クラブ所属
主　著　『新萬葉の成立に関する研究』（1971, 中部日本教育文化会）
『新萬葉愛歌鑑賞』（1978, 中部日本教育文化会）
『中河幹子の歌』（1981, 笠間書院）
『歌集　優神』（1990, 中部日本教育文化会）
『与謝野晶子「明星抄」の研究』（1992, 桜楓社）
『歌人の京都―風土と表現』（1998, 六法出版社）
『東西南北／みだれ髪』〈共著〉（2000, 明治書院）
『虹と日本文藝』（2007, あるむ）

晶子《あきこ》の美学《びがく》――珠玉《しゅぎょく》の百首鑑賞《ひゃくしゅかんしょう》　新典社選書 23
2009 年 3 月 3 日　初版第 1 刷発行
著　者　荻 野　恭 茂
発行者　松 本　輝 茂
発行所　株式会社　新 典 社
〒101－0051　東京都千代田区神田神保町1－44－11
営業部　03－3233－8051　編集部　03－3233－8052
ＦＡＸ　03－3233－8053　振　替　00170－0－26932

印刷所 恵友印刷㈱　製本所 ㈲松村製本所

ISBN978-4-7879-6773-2 C1395
http://www.shintensha.co.jp/　E-Mail:info@shintensha.co.jp